KB210095

아랍에미리트로
떠난
간호사

아랍에미리트로 떠난 간호사

윤혜진 지음

"무스펙, 전문대 졸업, 2차 병원에서
꿈의 병원에 가기까지"

인간사랑

차례

Q&A

1. 아랍에미리트에서 간호사가 되기 전에 기본적으로 준비해야 할 사항들은?
2. 아랍에미리트로 출발하기 전에 유용한 짐 꾸리기 꿀팁이 있다면?
3. 아랍에미리트에서 취직하기 전에 미리 한국에서 정리하면 좋을 일은?
4. 영어는 어느 정도 수준까지 해야 하나요?
5. 아랍어를 꼭 해야 하나요?
6. 치안은 어떤가요?
7. 아랍에미리트에도 교회나 성당이 있나요?
8. 한국 음식은 구하기 어렵나요?
9. 집값은 어떤가요?
10. 연봉협상은 어떻게 하나요?
11. 아랍에미리트에서 집은 어떻게 얻나요?
12. 아랍에미리트에서 차는 어떻게 구입하나요?
13. 아랍에미리트에서 여가시간에 할 일은?
14. 아랍에미리트의 병원 시설은?
15. 아랍에미리트에서 간호사로 만족하시나요?
16. 아랍에미리트 병원 최소 요구 조건은?
17. 현재 요양병원에 다니는데, 아랍에미리트 병원을 가려면 꼭 급성기 병원에 가야 하나요?
18. 취업경로는 어떻게 알 수 있나요?
19. 아부다비 면허시험, 많이 어렵나요?

To the nurses,

일러두기

* 이 책에 등장하는 장면은 저자의 경험을 기반으로 하며 최소 5개의 다른 병원 또는 의료기관에서 수년에 걸쳐 수집되었습니다.
* 모든 사건은 실제 사건에 대한 기억이지만 환자, 친척, 동료 및 동료의 이름은 모두 변경하였습니다.
* 이 책에는 연령, 성별, 직업, 국적, 가족 관계, 병력 및 진단이 들어있습니다.
* 이 책을 빌어서 그동안 길에 주저앉아 있는 저에게 손을 내밀어 주었던 모든 사람들에게 감사를 드립니다.

Chapter 1.

인간에게 최악의 질병은
바로 망설임이다

다섯 번의 '일단'

"수 선생님 … 저 그만두어야 할 것 같아요. 아랍에미리트의 병원
에 합격을 해서 가기로 했어요."

3년 동안 중환자실 간호사로 일해온 병원에 사직 통보를 했다.
이직 준비를 철저히 비밀로 한 상태라, 나의 갑작스러운 사직 통보
에 수 선생님은 사직보다 간호사들이 주로 많이 가는 나라인 '미
국'이 아니라 '아랍에미리트'로 간다는 사실에 더욱 놀라셨다.

"네, 그 중동 국가요. 그곳에 합격해서 가게 되었어요. 수 선생님,
그래서 12월 말까지만 근무해야 할 것 같아요."

나는 이상하게도, 매년 12월 31일에 퇴사를 했다.

첫 병원은 1년을 못 버티고 이직을 했는데, 그날도 12월 31일이었다. 두 번째로 입사한 병원에서도 3년을 일하고, 역시나 같은 날인 12월 31일에 퇴사를 한 후 이곳, 아랍에미리트라는 나라로 왔다.

그동안 가장 많이 받은 질문은, 어떻게 아랍에미리트라는 국가에 갈 생각을 했냐는 질문이었다. 아무래도 평소에 잘 듣지 못하는 나라여서 그런지, 사람들은 나에게 지인이 있냐 혹은 간호사를 관두는 거냐 물었고, 누군가는 거짓말하지 말라며 장난이냐고 했다.

사실 나는 이 질문에 어떻게 대답해야 할지 몰랐다. 나도 어떻게 하다가 아랍에미리트에 가게 되었는지 생각을 깊게 해본 적이 없기에, 그때는 뭐라고 대답해야 할지 몰랐다. 그저 '어쩌다 보니 그렇게 됐어요'라는 답이 나올 수밖에 없었다.

언젠가는 반드시 한국에서 벗어나 해외에서 일을 하리라 마음먹고 평상시 영어공부와 여러 가지 자격증을 준비해왔지만 정말 막연한 꿈이었지 실현되리라고는 생각도 못했었다. 면접을 볼 때도, 막상 붙고 나서도 믿기지가 않았다.

나는 준비를 넘어서 꿈으로 향해가고 있었다. 어느 날 갑자기 결정했다기보다 아주 막연한 어떤 불확실한 무언가를 목표로 매일 연습해왔고, 마침내 어느 날 비행기를 탔다. 그리고 비행기가 이륙을 하고서야, 지금까지의 여정을 되짚어봤다.

아랍에미리트로 오는 여정은 첫 직장을 사직하면서 시작되었다. 1년도 채 안 되어 처음 입사한 병원을 그만두고, 소규모의 2차 병원으로 이직을 했다. 이곳에서 처음으로 중환자실 간호사라는 커리어를 쌓기 시작했다. 중환자실에서는 배워야 할 내용이 보통 많은 게 아니었다. 머릿속에 온갖 지식을 다 쏟아부어도 모자랄 정도로 엄청난 양의 공부량이 필요했다.

자동차에 기름을 넣듯 지식이라는 원료를 내 머릿속에 넣어야 실제로 환자를 돌볼 수 있는 곳이 바로 중환자실이었다. 병동에서 암 환자를 보다가, 중증도가 훨씬 높은 중환자를 보니 내가 따라갈 수준이 안 되었다. 온갖 스트레스에 시달렸고 주유구에 기름을 주입하듯 넣는다고 해서 머릿속에 지식이 들어가는 것도 아니었다. 점차 나는 불안해졌고 알 수 없는 기운에 휩싸였다. 이직한 병원이 2차 병원이니까 더 쉬울 거라는 생각은 완전한 착각이었다.

지금이라도 관두고 요양병원으로 가거나 공무원 시험을 알아볼까도 생각했지만 마치 일이 안 풀리면 먼저 관두려고 하는 습관을 반복한다는 느낌이 들었다. 뭐든 안 되면 이것보다 더 쉬운 방법만을 찾고, 그렇게 쉬운 방법을 찾았지만 그마저도 힘들어하는 나 자신의 의지력이 완전히 바닥난 듯 보였다.

고작 23살인 내가, 이 세상에서 싸우기 위한 무기로 '포기'를 들고 있으면 안 되겠다는 생각이 들었다. 그래서 뭐라도 해보기로 했다. 정말 마지막으로 해보고 안 되면 그때 관두자고 다짐했다. 그러고는 매일 책상에 앉았다. '원점으로 돌아가자. 다시 처음부터 해보는 거야.' 이렇게 다짐하면서 그날 병원에서 본 환자에 대해 매일매일 공부했다.

내가 일하던 2차 병원의 중환자실은 대형병원처럼 과별로 나눠져 있지 않았다. 이 병원은 여러 중환자실을 보유할 정도의 규모는 아니었다. 중환자실 하나에 23개의 침대를 놓고, 다양한 진료과목의 환자를 받았다. 대형병원처럼 외과 중환자실이면 외과 공부에 조금 더 집중하고, 내과 중환자실이면 내과 질환 중심으로 공부하면 너무 좋았겠지만, 안타깝게도 모든 과 환자들을 돌보는 이 중환자실에서는 말 그대로 머리부터 발끝까지 내외과 질환을 다 공부해야 하는 상황이었다.

일단 무작정 문구점에 가서 파일 8개를 사 왔다. 그리고 심장내과, 흉부외과, 신장내과, 정형외과, 신경외과, 신경내과, 내분비내과, 소화기내과 등 과별로 제목을 크게 프린트해서 파일 앞면에 붙였다.

그날부터 매일, 내가 봤던 환자의 질환, 치료, 간호를 공부했다. 처방을 다 외워버리고 왜 이러한 처방을 냈는지도 공부했다. 데이가 끝나면 밤 열두 시 넘어서까지 공부를 하고, 이브닝이면 거의 새벽 세시까지 공부를 하고 잤다. 나이트 출근을 해야 하는 날에는 열두 시에 일어나서 악착같이 공부했다.

각 과별로 의학, 간호학 책을 읽고, 공부한 자료를 파일에 넣어 정리했다. 혹시라도 병원에서 일하다가 궁금한 점이 생기면 8개 파일을 바로 보기 힘드니, 공부한 자료를 사진으로 찍어 핸드폰에 저장했다. 정말 필요한 자료만 파일에 따로 담아 출근을 했다. 가끔은 나의 파일을 본 선생님들이 대체 이게 뭐냐고 놀리기도 했다.

늘 출근 전에는 '제발, 오늘 공부한 환자를 또 봤으면 좋겠다'고 생각했지만, 다음날 봐야 하는 환자는 또 다른 새로운 질환을 가진 환자였다. 그렇게 내 파일은 꽉 차다 못해 터질 듯 넘쳤고, 종이들은 너덜너덜해졌다. 나중에는 같은 질병을 가진 환자를 반복적으로 보면서, 그 질환의 치료와 간호에 자연스럽게 익숙해져 갔고, 일도 더 쉬워졌다. 어쩌면 관뒀을지도 모르는 2차 병원 중환자실에서 나는 그렇게 3년이라는 시간을 보냈다.

나는 여러 번 자신에게 되물었다.

'어쩌다가 아랍에미리트에 갈 생각을 하게 됐지?'

곰곰이 생각해보면, 처음에는 경력이 없어서 지원 자체를 염두에 두지 않았다. 그렇게 3년이라는 경력이 생기고 나자, 한국에서 무작정 떠나려고 해외취업을 더 적극적으로 알아봤다.

해외취업이라고 했지만 사실 나도 남들처럼 미국 간호사가 되고 싶었다. 당시 간호사들이 한국을 떠나 일을 하러 가는 나라는 주로 미국, 호주, 캐나다 등이었다. 꽤 많은 한국인들이 그곳으로 갔기에 정보도 넘쳐났고 에이전시도 잘 되어 있어서, 영어점수와 에이전시 비용, 경력, 미국 간호사 면허 정도만 준비하면 됐다.

그러나 미국 간호사가 되고 싶다는 희망이 진짜 내 꿈인지 확실치 않았고 미국으로 가고 싶은 마음이 크게 생기지도 않았다. 그저 미국 간호사의 SNS를 보면서 '아! 나도 저곳에 가면 저렇게 성공할 수 있을까?', '나도 저 사람처럼 에이전시를 통해서 갈 수 있을까?' 생각했고, 강력한 동기도 없이 그저 남의 SNS를 보고 부러운 마음만 들었다.

미국을 가려는 나의 계획에는 뚜렷한 목적과 이유가 없었고, 심지어 '왜'라는 질문도 없었다. '그저' 한국을 떠나고 싶은데, 첫 해외 취직 이유가 그저 '남의 SNS를 보고 나서'라는 답은 자신에게조차 너무 무책임한 답변이었다.

이런 고민을 하던 중에 어떤 책을 만나게 됐다. 바로 『인간을 읽어내는 과학』이란 책이었다.

휴대폰의 해상도에만 관심을 가질 뿐 삶의 해상도에는 관심이 없습니다. 저는 학생들에게 늘 지금 이곳 학교에서 많은 것을 배운 다음에는 꼭 세상의 폭을 경험하라고 합니다. 폭이 좁은 세상에서는 자신이 지금 무엇을 하고 싶은지 모르는 것이 당연합니다. 한국을 넘어 세상을 폭넓게 경험하고 나면, 자연스럽게 자신이 무엇을, 왜 하고 싶은지 정확히 알게 될 것입니다.

— 『인간을 읽어내는 과학』, 김대식

누가 종을 치지도 않았는데 이상하게도 위 구절을 읽고 나니 귓속에서 종소리가 나는 듯했다. 주변의 소음이 사라지면서 순간 멍해지기 시작했다. 그리고 마침내 이 짧은 구절을 읽고 난 뒤에, 그저 두루뭉술하게 생각했던 모든 의문에 명확한 답을 찾을 수 있게 되었다.

'그래, 미국 간호사가 목적이 아니야. 어디든 좁은 한국을 벗어나 내가 진짜 하고 싶었던 일을 하는 거야.'
'남에게 인정받기 위해서도, 남에게 멋진 모습을 보여주고 싶어서도 아니야. 내 SNS에 남들이 부러워할 사진을 올리기 위해서도 물론 아니야.'
'진짜 내가 뭘 하고 싶은지 알고 싶어서 이 모든 과정을 지금부터 시작하는 거야.'

이런 생각을 하면서 마음을 달리 먹었다. 'Will'이 'Do'로 바뀌는 날이었다. 바로 문구점으로 달려가서 전지와 포스트잇을 사 왔다. 내가 일단 한국에서 벗어나려면 무엇을 해야 하는지 포스트잇에 하나씩 적어서 전지에 붙여 놓았다. 그러고는 전지를 방 한가운데 벽에 붙였다. 출근 전이나 퇴근 후, 전지에 붙은 포스트잇을 바라보면서 무엇부터 시작할 수 있는지 생각했다. 그리고 그것들을 '일단 해보자'고 마음먹었다.

'망설일 게 뭐 있나, 일단 해보는 거지'라고 매일 다짐했다. '일단 나와보면 뭐라도 일어나겠지. 일단 공부해보면 뭐라도 얻겠지. 일단 시도해보면 결국 어떻게든 되겠지'라고 생각하며 '시작'의 두려움을 없애려고 노력했다.

그렇게 시작된 첫 번째 '일단'은 바로 '영어'였다. 해외에서 일을 하려면 당연히 영어를 할 줄 알아야 하니, '영어공부'를 첫 번째 포스트잇에 매직으로 크게 적었다.

그러고는 일단 닥치는 대로 영어공부를 했다. 지금 생각해보면 영어공부가 가장 힘들었다. 그 무엇보다도 반복과 의지력이 엄청나게 필요한 공부였다. 영어 팟캐스트와 미드 〈그레이 아나토미〉를 반복해서 보고 마지막에는 외국인 선생님과 실제 대화를 나누기 위해 과외를 했다.

영어공부를 하다가도 시작할 수 있는 일이 무엇이 있을지 계속 고민했다. 그리고 나의 두 **번째 또 다른 시작, '일단'** 가고 싶은 나라**를 결정하자**는 목표를 세웠다.

어느 나라를 가는 게 좋을지 알아보기 위해 하루 종일 눈이 빨개지도록 검색을 했다. 덴마크, 싱가포르, 미국, 호주, 영국, 뉴질랜드, 사우디아라비아 등 주로 간호사가 많이 취업하는 나라와 그렇지 않은 나라까지 알아보며 근무 조건들을 확인했고, 한국어로 얻을 수 없는 정보는 번역기를 돌려가며 검색했다.

한국 포털사이트에서 한국어로 얻는 정보는 영어로 얻는 정보에 비하면 매우 제한적이었다. 그래서 모든 궁금증을 구글에서 영어로 검색하기 시작하니 차원이 다른 방대한 정보가 나타나기 시작했다. 처음에는 영어를 다 이해하기 위해 번역기를 이용해야 했다.

어떻게 영어로 검색을 해야 원하는 정보가 나오는지 아는데도 꽤 많은 시간이 걸렸다. 이런 검색 과정을 통해 영어실력 향상이 해외 생활에서 얼마나 중요한지 다시 깨달았다. 폭넓은 세상을 경험하기 위해서는, 내가 사용하는 말 또한 넓은 세상에서 쓰일 수 있는 언어라야 한다는 사실을 알았다.

하루 종일 어느 나라로 취업할지 정보를 찾아보던 중, 공통적인 요구 조건을 찾아보았다. 바로 '학사 학력'이었다. 당장 3년제 전문학사를 학사로 올려야 하는 상황이었다. 바로 학사 취득을 세 번째 '일단'으로 결정했다.

'그래, 일단 학위부터 취득하자'는 결심을 하자마자 바로 수 선생님께 주말에 나이트 오프를 해도 좋으니 학교에 가고 싶다고 부탁을 드렸고, 수 선생님은 흔쾌히 허락해주셨다. 그렇게 매주 주말

마다 수업에 참여했고, 마침내 BSN(Bachelor of Science in Nursing) 학사학위를 얻게 되었다.

이처럼 학교를 다니고 일을 하면서도 어느 나라가 좋을지 계속 알아봤다. 가고 싶은 나라를 알아보는 시간만으로도 마치 여행을 준비하는 것처럼 설레고 신이 났다.

인간이 관심분야에 필요한 정보를 얻기 위해 얼마나 높은 집중력을 보이는지를 비로소 알았다. 컴퓨터 책상에 앉아 19시간이 넘도록 구글, 네이버, 인스타그램, 페이스북 등 모든 인터넷 매체에서 눈이 빠지도록 정보를 찾아보는데도 배도 안 고프고 지치지도 않았다.

그러던 중, 나는 '두바이 간호사'에 관한 블로그 글을 보았다. 이 글에는 두바이에서의 생활이 어떤지, 간호사의 평균 월급은 어느 정도인지 등의 정보가 나와있었다. 두바이까지는 한국에서 비행기로 9시간 걸려 미국만큼 멀지도 않았다. 당시 여행 프로그램에도 잠깐씩 나왔던 두바이는, '부자 나라' 또는 '기름이 나오는 도시'로 나에게는 세계에서 가장 높은 빌딩이 위치한 곳 정도로 여겨졌다.

내가 언제, 살면서 '두바이'라는 도시에서 살아볼 수 있겠는가 생각하면서 두바이가 위치한 '아랍에미리트'라는 나라에 엄청난 흥미가 생기기 시작했다. 9개 나라를 알아봤지만 아랍에미리트만큼 흥미롭지가 않았다. 정보를 파고 파도 지루하지 않고 재미있었다. 아랍에미리트 병원 수준도 우리나라만큼 높았다.

모든 나라의 정보를 알아본 후, '그래 바로 여기, 두바이로 가자!'고 결심했다. 그렇게 세운 네 **번째 '일단'**은 두바이 간호사 면허시험이었다.

떠날 나라를 결정하고 나니 이제 그 나라의 간호사가 되기 위한 방법을 알아야 했다. 두바이 간호사가 되려면 간호사 면허를 따야 하고, 한국에서도 취득 가능하다는 사실을 알았다. 망설일 틈도 없이 나는 두바이 면허시험에 지원했다.

'일단 두바이 면허를 취득하자'는 마음으로 두바이 면허를 따기 위해 검색과 시험 등록을 하고 한국에는 교재조차 없는 이 시험에 대비해 구글을 검색해 예상문제를 뽑았다. 그러고는 밤새워가며 공부를 했다. 그렇게 나는 서울에서 DHA 간호사 자격시험을 봤고, DHA eligibility letter를 받았다. 기본 자격조건이 충족되었으니, 이제는 이력서를 한번 뿌려보자고 마음먹었다.

다섯 번째 '일단'인 이력서를 지원하려는 병원에 모두 보냈다. 나는 그때까지 영어 이력서를 한 번도 써본 적이 없었다. 어떻게 써야 할지 갈피조차 잡을 수 없을 정도였다. 무작정 서점으로 가서 각종 영어 이력서 관련 책을 네 권 정도 사온 다음 의료부분 예시를 보면서 이력서를 작성했다.

사진 스튜디오에 가서 증명사진도 새로 찍었다. 그러고는 두바이 내 몇몇 병원 웹사이트에 들어가서 이메일 주소를 찾아 이력서를 메일로 보냈다. 이력서만 보냈는데도 가슴이 두근거렸다. 청춘 드라마 주인공이라도 된 듯 전송 버튼을 누르고 나니 심장이 벌렁 거리고 벌써 병원에 합격하는 상상을 하면서 큰 기대를 품었다.

그러나 모든 청춘 드라마가 그렇듯이 과정은 순탄하지 않았다. 어느 병원이든지 한 곳이라도 연락이 오겠지 기대했던 것과 달리 아무 연락이 없었다. 10분에 한 번씩, 1시간에 한 번씩 이메일을 체크했다. '당연히 바로 처음부터 잘 되진 않겠지'라는 말로 스스로를 위로했지만 적지 않은 상처를 받았다.

결과적으로 거절의 이메일을 꽤 받았다. 거절의 이메일이라도 보내준 병원이 너무 고마워서, 다음에 재도전하겠다는 감사의 답장을 보냈지만 참 씁쓸했다. 첫 도전에서의 첫 거절이었기 때문일까, 아니면 괜히 아무도 가지 않은 길을 가려 했던 나 자신이 무책임했다고 생각했던 것일까, 어쨌든 첫 도전은 내게 큰 실망감을 주었다.

점차 거절이 늘어나자 나의 길에 의심을 하기 시작했고, 어느 순간부터는 이메일도 잘 보지 않았다. 그러던 어느 날 나의 SNS 포스팅을 보고 두바이는 아니지만 아랍에미리트 토후국 중 한 도시에 위치한 한국 병원에서 혹시 일할 생각이 있는지 이력서를 보내 달라는 메시지를 받게 되었다. 이게 웬일인가 하면서 마침 준비된 이력서를 바로 보냈다. 하지만 역시나 또 답이 없었다. 적당히 포기할 만도 한데, 그동안 해온 게 너무 안타까웠다.

게다가 한국 병원이라고 하니 생전 외국에 나가 살아보지 못한 내가 첫 시작을 하기에 부담이 없을 것 같았다. 그래서 다시 그 병원 웹사이트에 들어가 이메일 주소를 찾았다. 다시 한번 안 되는 영어로 글을 써 내려갔다. 당시 실제로 보낸 이메일이다.

Dear Hello,

I am a Korean nurse who wants work at dubai. My name is april, My Korean name is yoon hyejin. I am a icu nurse. I've worked 3years in Hospital in south of Korea. I am very interested in working hospital in dubaI I always wanted to work at your hospital If there's any job opportunity, I'd like to apply for it. I attach my resume. I am ready to work at any time. Please contact me. I waiting for response. Thank you very much.

안녕하세요,

저는 두바이에서 일하고 싶어 하는 한국인 간호사입니다. 제 영어 이름은 april이고 한국 이름은 윤혜진입니다. 저는 중환자실 간호사입니다. 저는 3년 동안 한국의 병원에서 일을 해오고 있습니다. 저는 두바이에 있는 병원에서 일을 하는 것에 큰 관심이 있습니다. 저는 항상 당신의 병원에서 일을 하고 싶었습니다. 혹시라도 제게 일할 기회가 있다면 지원하고 싶습니다. 제 이력서를 첨부합니다. 언제든 일할 준비가 되어있습니다. 연락 주세요. 당신의 반응을 기다리겠습니다. 감사합니다.

당시 이메일을 다시 보면 부족한 영어 수준을 알 수 있다. 문법도 대문자도 적절하게 안 쓰고, 누가 봐도 번역기를 이용해서 작성했음을 알 수 있다. 지금이야 영어 이메일을 매일같이 쓰다 보니 1분 안에 영어 편지가 가능하지만, 당시에 나는 이 이메일을 쓰는데 하루가 걸릴 정도로 정말 영어를 못했다.

얼마 후, 국제전화번호로 나에게 연락이 왔다. 난생처음 국제전화로 걸려온 전화를 받는 순간이었다. 심장이 쿵쾅쿵쾅거렸다. 최대한 침착하게, 그리고 무엇보다 영어를 잘 들으려고 혹시 끊어질까 조마조마하며 황급히 이어폰을 귀에 꽂고 최대한 음량을 높이면서 'Hello?'라고 말을 꺼냈다.

내가 보냈던 이메일을 확인한 관계자가 면접 기회를 주고 싶다고 말했다. 이 말을 알아듣기 위해, 아니 이 말이 진짜인지 알기 위해 여러 번 'Really?'라고 물었고 면접 날짜 이메일을 보내준다는 말을 듣고 나서야 전화를 끊었다. 전화를 끊자마자 그 자리에서 소리를 지르고, 소파 위로 올라가 점프를 했다. 이 주체 안 되는 흥분을 어떻게 해야 할지 몰랐다. 가슴이 두근거리며 귓속에서 심장박동이 들렸다. 간신히 진정을 하고 이메일을 확인했다. 면접 날

짜는 일주일 뒤였다.

면접을 본다는 기쁨도 잠시, 갑자기 머릿속에 심각한 고민이 떠올랐다. '면접을 보려면, 영어로 면접관과 이야기해야 하는데,' 사실상 면접까지 시간이 굉장히 촉박함을 알았다. 한시가 급했다. 어떻게든 영어실력을 끌어올려야 하는 상황이었다. 그래서 당시 과외를 해주던 영어선생님에게 바로 연락을 했다.

"I need your help now!!"

사실 영어선생님을 만나 그 선생님에게 일주일 동안 수업을 받는다고 면접을 잘 본다는 보장은 없었다. 내가 보는 인터뷰는 '간호사 면접'이었다. 이 분야를 잘 아는 사람은 '나'이고 질문에 대답하는 사람도 '나'였다.

한국에는 'OO 모임'이라는 제목의 엄청난 네트워크를 보유한 '인터넷카페'에서 'OO 병원 예상 질문', 'OO 면접 후기'처럼 모든 궁금증을 풀어주는 곳이 존재하지만, 해외 포털에는 그런 인터넷카페가 존재하지 않았다. 어쩔 수 없이 기본 예상 질문을 구글에서 찾아 선생님을 찾아갔다. 실전 연습을 위해 선생님을 면접관이라 생각하고 쉬는 날마다 만나 면접 시나리오를 연습했다. 면접을 보기 전날에는 잠도 한숨 못 자고 밤새 선생님과 맥도날드에서 모의면접을 했다. 주변의 시선이 신경이 쓰이지 않을 만큼 정말 절박

한 시간이었다.

드디어 면접일이 되었다. 면접관은 기본 질문부터 시작해 여러 질환의 응급간호를 물어봤는데, 평소 케이스 공부를 해왔던 것이 엄청난 도움이 되었다. 질환과 관련된 질의에는 답이 머릿속에서 바로 툭툭 튀어나올 정도였다. 그동안 일하던 병원의 중증도가 높은 것이 평상시 매우 불만이었는데 마침내 여기서 빛을 발하는 순간이었다.

화상면접으로 진행되는 인터뷰를 정말 겨우겨우 끝내고 'Thank you'라는 인사말과 함께 스카이프 화면의 닫기 버튼을 눌렀다. 온몸의 힘이 다 빠지면서 갑자기 피곤이 몰려왔다. 미친 듯이 잠을 자고 싶었다. 생각해보니 이틀 내내 잠을 채 두 시간도 안 잤다는 걸 알았다. 침대에 누워 한참 동안 멍하니 천장을 바라봤다. '정말 어쨌든, 어떻게든 하면 되는구나' 생각했다.

그동안의 거절이 떠오르면서, '이번에도 안 되면 어떻게 할지' 걱정이 들었다. 그러나 이번에는 모든 열정을 다 쏟아부었기에, 떨어져도 너무 낙심하지 말자고 다짐했다. '할 만큼 했다'는 감정이 들어서인지 정말 편안했다. 마음을 푹 놓고 깊은 잠을 잤다. 그리고 며칠 뒤, 이메일이 한 통 도착했다. '합격' 통보 이메일이었다.

어안이 벙벙했다. 입꼬리가 내려가지 않았다. 거절에 익숙했던 나는 이러한 승낙이 너무 어색했다. 말을 잃은 상태로 이메일에 합격했다는 내용이 진짜 있는지 수차례 확인했다. 합격했을 리 없다며 영어 과외 선생님에게 이메일을 보여주면서 무슨 뜻이냐고 물었다.

"축하해 혜진, 합격 맞아!!"

"What !?"

와 … 나 이제 진짜 한국을 떠나는 건가?

무작정 비행기를 타다

합격 후, 인사팀과 서류 관련 업무처리 중에 한국에서 열심히 노력해 취득한 'DHA eligibility letter'는 내가 일할 병원에서 요구하는 면허증이 아니었다.

아랍에미리트는 연합국이다. 각 토후국들이 모여 있는 나라로, 토후국마다 요구하는 자격증이 다르다. 예를 들어 두바이의 경우, DHA eligibility letter와 인터뷰를 통과한 병원이 있다면 자격증이 인정되지만, 내가 일하려는 곳은 두바이와는 다른 토후국이라 MOH라는 전혀 다른 자격증을 취득해야 했다.

인사팀에서는 이 MOH 시험을 봐야 한다고 했다. 아니면 미국 간호사 면허인 엔클렉스(NCLEX)를 MOH로 전환하는 방법이 있는데, 엔클렉스는 시험을 신청만 해 놓은 상태였다.

따라서 미국과 아랍에미리트 시험, 즉 두 시험을 진행해야 하는 상황이었다. 우선 인사팀에게 아랍에미리트 시험인 MOH 시험 일자를 잡아 달라고 부탁했다. 미국 간호사 면허시험 일정이 언제가 될지 모르는 상황이었기 때문에 방법이 없었다. 어쩔 수 없이 아랍에미리트 간호사 시험과 미국 간호사 시험을 동시에 공부해야 했다. 시험 일정과 출국일이 12월이었지만, 그전에 미국 간호사 자격증이라도 취득하면 MOH 간호사 시험을 보지 않아도 됐다.

다행히 미국 간호사 면허시험을 예정보다 일찍 볼 수 있었다. 시험 일자를 잡을 수 있다는 이메일을 받고 가장 빨리 시험을 볼 수 있는 나라와 날짜를 찾았다. 바로 다가오는 나이트 오프에 시험 날짜를 잡고 무작정 비행기를 예약해 홍콩에서 시험을 치르고 왔다.

해외취업에 성공하기까지의 모든 여정은 어느 하나 순조롭게 진행되는 게 없었다. 늘 예상에서 빗나갔고 좌절의 연속이었으며 매번 힘들었다.

그렇게 홍콩까지 날아가 미국 간호사 면허를 취득했는데도 난관에 봉착했다. 아랍에미리트 면허청에서 면허 전환을 해줘야 했다. 미국 면허가 아랍에미리트 면허로 전환이 안 되면 취업이 되었어도 아무 소용이 없었다. 나는 전환을 한 달이 넘게 기다리면서 인사팀에게 재촉하는 이메일을 보냈다.

예상했던 출국일이 다가왔지만 면허 상태는 아직도 전환이 안 되었고, 기쁘기만 했던 처음과는 달리 걱정만 쌓여갔다. 마냥 기다리기만 해서는 왠지 흐지부지될 것 같다는 불안감이 들었다. 정말 피 말리는 기다림이 무엇인지 느끼는 순간이었다.

고민 끝에 나는 큰 다짐을 하고 인사팀에게 이메일을 보냈다. 어떻게 되든 예정된 출국일에 가겠다, 다시 돌아올 수도 있었지만 일단 그쪽으로 가서 헤쳐 나가겠다고 메일을 보냈다. 그렇다. 또 다른 '일단 병'이 도졌다.

인사팀에서는 면허가 제대로 전환이 안 된 상태에서 출국을 먼저 하면 체류 동안의 생계비는 지원이 안 되며, 혹시라도 면허 전환이 안 될 경우에 항공료는 다시 환불해야 한다고 했다. 이에 나는 알겠다고 하고, 한 달 치 생활비와 캐리어 두 개를 들고 무작정 아랍에미리트로 떠났다.

아랍에미리트에서 처음으로 거주한 곳은 두바이였다. 여행도 하고, 주 관공서가 두바이에 있기도 해서 이곳에 약 2주간 머물 호텔을 잡았다. 한국을 떠나 도착한 두바이는 완전히 다른 세상이었다. 정말 '아랍 국가'라는 느낌이 들었다. 남자는 하얀색 긴 옷을 입고 머리에는 두건을 하고 있었고 무슬림 여성은 검은색 아바야라는 옷을 입고 머리카락을 가렸다. 정해진 시간마다 온 나라에 기도 소리가 퍼졌다. 사막이 드넓게 펼쳐진 이 나라는 들었던 대로 정말 덥고 습했다. 제주도 공항에서나 봤었던 야자나무들이 엄청 많고, 생전 처음 보는 다양한 나라에서 온 사람들이 많았다. 눈에 보이는 모든 광경이 신기하고 새로웠다.

이제 이 나라에서 살아야 한다고 생각하니 가슴이 두근거리고 뭔가 새로운 삶이 시작될 것 같은 느낌이 들었다. 나는 주위를 두리번거리면서 귀에 이어폰을 꽂고 영화에서 주인공이 역경을 이기고 새로운 시작을 할 때 나올 것 같은 배경음악을 들으며 마치 청춘 드라마의 주인공이라도 된 양 당차게 캐리어를 끌며 공항에서 나왔다.

그러나 그런 순간도 잠시, 입국심사를 하던 중 정신을 차렸다. 입국심사 직원은 이 나라에 온 '이유'를 물었고, 나는 취업비자도 없고 면허도 없었기에 '관광'이라고 말할 수밖에 없었다. 다행히 이 나라는 대한민국 여권으로 90일 동안 관광비자로 체류할 수 있었다. 그렇게 혼자 여행하러 온 상태로 예약한 호텔 이름을 적고 심사를 통과했다.

나는 청춘 드라마에서 다시 현실로 돌아왔다. 결론적으로 나는 관광비자로 왔고, 취업을 위해 아무것도 해결하지 못한 '외국인'일 뿐이었다. 한국 직장도 다 때려치우고, 집도 차도 다 정리하고 왔는데 여기서 직장을 얻지 못하면 나의 비자는 90일 뒤에 만료되어 돌아가야 하는 상황이었다. 갑자기 정신이 확 들었다. 그러던 중에 인사팀에서 연락이 왔다.

"혹시 그럼 직접 면허청에 가서 이야기해보는 게 어때요?"

마냥 기다리기보다 직접 가서 해결하는 게 훨씬 빠를 것 같았다. 나는 알겠다고 하고 바로 다음날 두바이 면허청까지 가는 지하철을 알아본 후, 무작정 두바이 보건청에 갔다. 지금은 이전을 했지만 당시 보건청은 사막 한가운데에 있어 지하철과 택시를 타고도 한참을 더 가야 했다. 해외 생활이 처음인 나는 면허청을 가는 길을 엄청 헤매면서 돌고 돌아갔다. 그렇게 겨우 도착한 면허청에서 또 다른 난관에 봉착했다.

역시 문제는 영어였다. 창피함을 무릅쓰고 인사팀에게 전화를 걸어 대신 이야기해 달라고 부탁했지만 그렇다고 문제가 해결되지 않았다.

그들의 답은 '인샬라'였다. 이 나라는 우리나라와는 달리 기다림의 미학이 실현되는 곳이다. '우리나라'만큼 빨리 진행되는 일은 하나도 없었다. 그들에게 '언제쯤 될까요'라고 질문하면 대답은 늘 '인샬라inshallah'였고, 이 말은 '모든 것은 신의 뜻이다'라는 의미였다. 모든 일이 신속하게 진행되기를 바라는 우리나라 사람에게 '언제 될까요'라는 질문에 이들처럼 '글쎄요, 모든 것은 신이 결정하죠'라고 대답하면 무슨 일이 일어날까? 나도 한국인이어서인지 신의 손에 달렸다는 말인 '인샬라'는 너무나도 답답한 대답이었다. 장난일 거라는 마음과 함께 나는 그들에게 '인샬라' 말고 다른 답변은 없는지, 정말 진짜로 언제 되는 건지 되물었지만 그들은 '기다려야 한다'고 하며 또다시 '인샬라'라고 대답했다.

나는 무슬림도 아닌데 왜 나에게 자꾸 '인샬라'라고 말하는 걸까 생각하자 너무 화가 났다. 어떤 일이 잘 될지 안될지 모르는 상태에서 나는 너무 속상하고 짜증이 났다. 짜증이 너무 나서 눈물이 날 것만 같았다. 사람은 슬플 때만 우는 게 아니라, 짜증이 날 때도 가슴 깊은 곳에서 울고 싶은 감정이 올라온다는 것을 느꼈다.

도대체 나는 얼마나 더 고생을 하고 기다려야 하는지, 이제는 해도해도 안된다는 느낌이 들었다. 모든 것을 포기하고 싶었다. '난 안되나 봐'라는 생각만 들었다. 그냥 돌아가야 하는 상황에 깊은 좌절감을 느꼈다. 울고 싶은데 참느라 목구멍이 메어왔다. 그러나 다시 돌아갈 수는 없었다. 이곳까지 온 이상 해결을 봐야 했다. 그래서 소파에 앉아 지나가는 직원을 계속 쳐다봤다. 마치 미어캣마냥 고개를 들고 일부러 눈을 마주쳤다.

그때 다른 직원이 오더니 '도대체 왜 안 가고 있냐'고 물어보았다. 그래서 나는, 내 지원 상태를 미국 간호 면허로 바꾸면 된다고 해서 오로지 이를 위해 무작정 한국에서 날아왔다고 말했다. 그 직원은 자기 자리로 와보라고 하더니 전화 한 통을 한 다음 '지원 상태를 바꿔 놓았으니 내일 이메일이 갈 겁니다'라고 대답했다.

아니, 전화 한 통으로 끝날 일이 도대체 뭐가 그렇게 오래 걸렸는지, 왜 자꾸 모든 일은 신이 결정한다고 하는 건지, 혹시 지원 상태를 바꾼 결정적 요인은 신의 뜻이 갑자기 바뀌어서인지, 화가 나면서도 '아, 이제 진짜 이 나라에서 일할 수 있다'는 생각에, 해결해준 직원 앞에서 점프를 해가며 안되는 아랍어와 영어로 감사 인사를 여러 번 하고 신나게 그곳을 나왔다.

기분이 날아갈 듯 너무 좋았다. 인사팀에게 지원 상태가 바뀌었다고 메일을 보냈다. 밖으로 나오니, 너무 예쁜 하늘과 함께 해가 저 사막 뒤로 뉘엿뉘엿 넘어가고 있었다. 아랍에미리트의 하늘은 정말 다양한 색깔이 모여 있고, 사막은 마치 바다가 펼쳐져 있듯 끝이 안 보일만큼 광활했다. 귀에 꽂은 이어폰에서 마침 좋은 음악이 나와 이 분위기를 만끽할 수 있었다. 지금까지의 모든 고생을 보상받는 느낌이었다.

하지만 아름다운 순간도 잠시였고, 하필 면허청의 위치는 바로 이 바다같이 넓게 펼쳐진 사막 한가운데 있었다. 해가 곧 들어갈 것 같았고, 지하철까지 갈 차도 택시도 없어서 무작정 사막 속을 걸었다. 택시 기사에게 기다려달라고 부탁했는데, 기다리다 지쳐서 그냥 간 모양이었다. 지도에서 적어도 10km는 넘게 걸어야 한다는 걸 확인하고 나서야 무작정 길에서 지나가는 차를 향해 손을 흔들었다.

다행히 차 한 대가 멈췄는데, 어느 인도 사람이 운전하는 트럭이었다. 지금 생각하면 미친 짓이지만 그 당시에 나는 겁이 너무 없었나 보다. 그렇게 우연히 만난 트럭을 타고 드넓은 사막을 달렸다. 달리는 차 안에서 창밖을 바라보다 갑자기 아까부터 꾸역꾸역

삼켜온 눈물이 터졌다. 최대한 우는 모습을 안 보이려고 창밖을 더 바라보는 척하며 몸을 운전석 반대 방향으로 돌렸다. 그러고는 최대한 소리를 죽이며 울었다.

문제가 모두 해결되었으니 당연히 좋아야 했는데, 갑자기 외로움이 밀려왔다. 겨우 문제를 하나 해결했다고 생각했는데, 알고 보니 이곳까지 오는 동안 해결해야 할 일이 너무나 많았던 것이다. 일이 다 끝나고 나니, 이 사막에 혼자 있다는 생각이 들면서 너무 외로웠다. 한국어를 하는 사람이 전혀 없는 이곳에서 나는 우주에 혼자 남겨진 기분이었다.

광활한 사막을 바라보는 동안 지금까지의 모든 과정이 파노라마처럼 지나갔다. 처음 이곳을 오겠다고 마음을 먹기 시작한 순간부터 지독하게 한 영어공부, 미국 간호사 면허시험, 두바이 간호사 면허시험, 수많은 면접, 기다림, 거절 등등.

마침내 지하철역에 도착했다. 이곳까지 말없이 운전을 해준 인도 친구에게 연신 고맙다는 말을 하고 언젠가 꼭 사례를 하겠다고 전화번호를 교환했다. 지하철을 타려고 교통카드를 구매하는데, 인도 친구에게서 문자가 왔다.

'항상 그대가 가는 모든 길에 신의 수호가 있기를.'

면허청에서 왜 자꾸 '신', '신의 뜻'이라고 하는 건지 열 받았던 좀 전과는 달리, '신의 수호'라는 말은 이번에는 나에게 감동으로 다가왔다. 아무래도 이 친구는 내가 우는 걸 본 듯했다. 오는 내내 그는 말도 없이 그저 라디오를 더 크게 틀어 주었다. 나를 위로해 주고 싶었을까? 누군가의 길에 신이 항상 보호해주기를 바란다는 메시지는 나의 외로움을 덜어 주었다.

해외에서 일하기 위한 모든 준비 과정은 순탄치 않았고 지치는 순간이 많았다. 그러나 결과적으로 그동안의 노력에 마땅한 보상이 있었다. 혹시라도 내가 이곳까지 오는 길에서 망설이고 고민하느라 어느 하나의 과정이라도 시도하지 않았다면 이곳에 오지 못했을 것이다.

물론 돌아왔지만 쉽지 않았다. 쉽고 빠른 길을 알았지만 하지 않았다. '내가 하고 싶은 일'을 위해 그에 걸맞은 노력을 했다. 이 모든 과정에서 얻은 교훈은 앞으로의 내 삶에 올바른 방향을 제시했고 답이 되어 주었다.

만일 주저하느라 아무것도 못했다면 나는 제자리에 머물렀을지도 모른다. 거절이 두려워서 상처받고 싶지 않아서 나 자신을 감싸고 도전을 멈추고 현재에 안주했다면 넓은 세상에 나올 수도 없었을 것이다.

항상 방법은 존재했다. 내가 선택한 길이 아니면 다른 길을 찾아야 했다. 중요한 것은 '시도하려는 마음'과 '실행력'이었다. 이처럼 다짐과 실행력이 만나면 무엇이든 가능했다.

한 번쯤 무작정 용기를 내보고 일단 해보자. 그냥 '되고 싶다' 또는 '하고 싶다'가 아니라 뭐라도 좋으니 시도라도 해보자.

버티는 게 답일까? 두 번의 이직

"일단 취직한 병원에서 10년만 버텨."

한국에서 취업 준비를 하는 동안 가장 많이 들은 말이다. 무작정 어떻게든 버티라는 말을 대학교를 다닐 때부터 계속 들어왔다. 최대한 한 병원에 오래 있으면 병원에서 수 선생님도 하고 돈도 많이 벌 거라고. 연차가 오를수록 일은 쉬워지고 태움도 덜 받으니까 몇 년만 무작정 버티라고. 그럼 성공할 거라고.

이런 말을 계속 들어온 탓인지, '이직'이라는 말은 나에게 늘 '패배자의 결과'로 다가왔다. 처음 취직한 병원에서 이직을 하고 싶다는 생각을 수없이 했지만, 마치 이 병원을 나가면 내가 패배자가 된다는 느낌에 관두지 못했다. 그만두고 싶은 마음을 털어놓으면 대부분 사람들은 이렇게 말했다.

"네가 왜 그 사람 때문에 손해를 봐 가면서 관둬? 그냥 버텨, 그
게 널 괴롭히는 사람한테 복수하는 거야."

신규 간호사, 혹은 새로 들어온 경력 간호사에게 '일을 가르친다'는 명목으로 공개적으로 혼을 내어 수치심이 들게 하고, 상대방의 자존감을 깎아먹는 폭언을 일삼아 괴롭힌다는 '태움' 문화를 겪고 나니, 왜 사람들이 자살을 하는지 이해가 갔다.

매일 사직을 고민했다. 그럼에도 관두지 못한 이유는 역시나 다른 사람들이 나를 패배자로 보고, '결국 쟤도 저러더니 나가네'라고 수근거리는 말을 듣기 싫어서였다. 매번 사직하고 싶은 마음으로 고민 상담을 하면 대부분 '버텨라'는 대답이 돌아왔고, 나는 또다시 버텼다.

첫 번째 이직

하루하루가 지옥이었다. 어떻게 하면 병원을 안 갈까 고민했고, 멀리서 병원 건물만 봐도 가슴이 답답하고 이미 출근 3시간 전부터 숨이 갑갑했다. 처음 병원을 지원할 때 있었던 '우리나라 암 전문 간호사가 되어 암 치료에 보탬이 되겠다'는 강한 포부는 사라지

고, 나는 암 세포를 공부할 힘도 없이 한계에 이르는 업무량에 지칠 대로 지쳤다.

정말 1분도 쉬지 못한다는 말이 피부로 느껴졌다. 환자를 돌봐야 하는 존재는 사라지고 그저 수행해야 할 업무 과제만 남았다. 최소한 환자에게 가져야 하는 아픈 이의 마음에 공감하는 순간도 없이 업무가 넘쳐났다.

나는 환자의 이름을 말하고 있지만 그건 각자의 업무단위일 뿐이었다. 내가 주는 항암제가 무엇을 위한 약인지도 모른 채, 수많은 항암제를 제시간에 투여하기 위해 달려가야 했다. 항암제를 하나 주고 나면 다음으로 해야 할 여러 가지 검사, 기록, 투약 등이 밀렸다. 이런 환경 속에서 내 환자들은 나에게 너무 힘든 존재였다.

업무 스트레스에 더해 인간관계가 나의 진을 빼놓았다. 매번 눈동자를 굴리면서 '눈치'를 봐야 했다. 업무를 하면서도 귀와 눈을 다른 쪽에도 두고 상황을 파악해야 했다. 다른 선배가 바쁜지 아닌지 신경을 쓰면서 사회생활을 해야 했다. 나의 환자가 괜찮은지 시선을 보내는 시간보다는 '태움 문화'에서 벗어나기 위한 몸부림으로 다른 선배 간호사의 안위를 더 살폈다.

아무리 바빠도 일을 하다가 선배 간호사에게 '제가 도와드릴 일 없으세요'라고 질문하는 센스를 발휘해야만 병동에서 '자기 일만 하는 아이'로 안 찍혔다. 나는 화장실도 못 가고 물도 안 마셨지만 막내이기에 선배 환자의 당검사도 해야 하고, 간식도 잘 사와 야 '일 잘하는 아이'로 그들의 '태움 리스트'에서 벗어났다.

정작, 환자를 사랑하는 마음과 간호사로서 환자를 볼 때 가져 야 하는 기본적 마음가짐이 무엇인지 배우지는 못했지만 어떻게 해야 선배에게 '잘 보이는지'는 매일매일 배워 나갔다. 그 외에도, 선배 간호사 각각의 간식 취향, 음식 취향들을 알아갔다. 반면 내 가 주는 항암제가 환자 몸에 들어가 무슨 작용을 하는지는 알지 못했다.

하루하루를 이렇게 버티면서 보내던 중, 어느 순간 갑자기 제 정신을 차렸다. 인증기간 동안 병원이 깨끗하지 않다고 수 선생님 이 청소부에게 소리를 질렀다. 청소부는 나이가 많고 허리가 다 휘어 걷기도 힘드신 분이었다. 수 선생님은 청소부 할머니에게 '인 증 통과 못하면 책임질 거냐'면서 다그치셨다. 그 청소부는 고개 를 숙이고 연신 죄송하다며 바닥의 쓰레기를 주우며 치워 나갔다.

나는 바로 옆에 앉아 할머니가 쓰레기를 줍는 모습을 보았다. 지금 내 모습과 다를 게 없다는 생각이 들었다. 나는 청소부 할머 니를 그저 바라보고 있어야 했다. 조직원이 상부로부터 칭찬을 받 기 위해서는 노인공경 따위는 없는 이곳은 확실히 잘못된 곳이라 는 생각과 함께 정신이 번쩍 들었지만 대항하지는 못했다.

사회 초년생이 직장에서 살아남는 방법으로 '입을 닫는 것'만 큼 좋은 방법이 없었다. 나도 야생에서 살아남으려면 사회가 원

하고 조직이 원하는 모습으로 내 성격과 행동을 바꿔 나가야만
했다.

낮 열두 시, 잠시 간호기록을 작성할 시간이 생겼다. 너무 바빠
서 미처 하지 못한 기록을 조금이라도 틈새 시간에 넣지 않으면
퇴근을 한 시간 늦게 해야 한다. 시계를 계속 보면서 아무도 콜 벨
을 누르지 않기를 바라는 마음으로 키보드를 두드렸다. 그런데 갑
자기 수 선생님이 부르셨다. '윤혜진 선생님.' 수 선생님에게 '네?'라
고 대답하자 수 선생님의 표정이 무표정하게 변했다. 선생님은 나
를 싸늘하게 쳐다봤다. 나는 속으로 또 뭘 잘못했나, 무슨 죄를 지
었나 곰곰이 생각했다. 그러자 수 선생님은 화를 냈다.

　"내가 말하는데 너는 앉아서 대답을 하니? 그것도 차팅을 넣으면
　서?"

사실 억울하고 힘들고 피곤한 상태에서 화가 너무 났지만, 간호
세계에서 감히 수 선생님께 목소리를 낸다는 건 한국 병원에서는
거의 금기 수준이었다. 나는 죄송하지도 않으면서 어떻게든 이 상
황을 빨리 끝내기 위해 연신 죄송하다고 고개를 숙이고 다시 일
을 해나갔다.

나는 최대한 묵묵히 일만 했고, 어느 순간부터는 웃지도 않았
다. 내 표정은 점차 사라졌다. 나는 어떤 특별한 이유 없이 병원에

서 모든 죄송함을 느끼는 존재였다. 나의 자존감은 점점 바닥으로 떨어져갔다. 내 생각에도 나 자신이 별로였고, 하나도 멋져 보이지 않았다.

스트레스를 받아 출근만 하면 눈 밑과 입가 근육이 마구 떨렸다. 선배 간호사가 마그네슘 부족이라고 했지만 마그네슘 약을 먹어도 병원에 도착하는 순간 계속 근육이 떨렸다. 매번 출근마다 가슴이 답답하고 체한 느낌이었다.

그러던 어느 날, 그날도 다르지 않은 출근길이었다. 친구에게 전화가 왔는데, 이유도 없이 나는 화를 계속 내고 짜증을 부렸다. 나를 곁에서 봐왔던 친구들은 내가 일을 시작하고 엄청 변했다고 했다. 내가 거의 다른 사람처럼 변해서, 전화한 친구도 다시는 전화하기 싫다며 통화를 끊었다. 돌아보면 나는 친구들에게 매번 힘든 얘기만 해왔고, 결국 그들은 내게서 멀어졌다. 이 와중에도 내눈 밑은 다시 덜덜 떨렸다.

'너 도대체 왜 버티고 있는 거니?'

도대체 내가 왜 이곳에서 악착같이 버티고 있는지 처음으로 곰곰히 생각했다. 사실 유명한 병원이라고, 좋은 병원에서 일한다고 아무도 알아주지 않았다. 남들이 큰 병원에 다니니 멋있다고 해도 자랑스럽게 생각하지도 않았다. 나는 정말 초라하고 항상 주눅 들어있고, 맨날 어디 가서 민폐만 끼치는 존재 같았다. 병원에 있어야 할 이유가 '남'이라는 기준이라면 굳이 버틸 필요가 없었는데, 그동안 오로지 남의 시선 때문에 버텼음을 깨달았다.

잘못된 길을 알고 돌아가는 자와 잘못된 길을 모르고 계속 버티며 걷는 자의 인생이 얼마나 달라지는지 사직한 후에야 알 수 있었다. 남이 아무리 나에게 '네가 노력을 안 해서 그래. 네가 지금 잘못 생각하는 거야. 괜히 남 핑계 대는 거야' 해도 그건 나를 모르고 나와 같은 상황을 겪어보지 않은 '남'의 말이었다.

내 주관이 말하고 나 자신이 느끼는 감정을 남 시선 때문에 무시해 왔다. 몸이 힘들다고 계속 신호를 보내는데, 그저 '마그네슘이 부족한가봐' 하면서 나는 약만 먹고 있었다.

처음 취업한 병원에 다녔던 동안 배운 것을 생각해보려면 지금도 잘 모르겠다. 암질환과 관련된 부분은 하나도 생각이 나지 않는다. 무슨 약을 주었는지도 생각이 나지 않고 기억에 남는 환자도 딱 한 명뿐이다.

나의 첫 퇴사는 내 인생에서 최고로 잘했다고 생각하는 두 가지 선택 중 하나이다. 첫 사직 후 나는 나중에 간호사로써 가장 많이 배운 병원으로 이직하는 데 성공했고, 그곳에서 3년간 좋은 선배들과 일하며 많이 배웠다. 그리고 이 경험은 세 번째 직장을 관둘지 망설인 나에게 큰 경험적 바탕이 되었다. 더 이상 내 눈 밑은 떨리지 않았다. 숨쉬기도 편안해졌다.

나는 그동안 어떻게든 버티도록 교육받아 왔지만 이젠 더 이상 버티는 것이 답이 아니며, 나에게 맞는 직장을 하루라도 빨리 직접 찾는 것이 해답이라는 사실을 마침내 깨달았다.

두 번째 이직

내 인생에서 잘했다고 생각한 두 번째 이직도 바로 아랍에미리트에서였다. 현재의 아부다비 병원으로 오기 전이었다. 가슴 벅차도록 큰 기대를 안고 일을 시작했지만 매우 힘들게 들어간 병원은 내가 기대했던 병원과 달랐다. 케이스도 만성 환자들이 많았고, 무엇보다 배움의 기회가 적었다.

3년 동안 중환자실의 멋진 선배들이 가르쳐준 '환자 중심으로 생각하는' 가치관은 전에 일했던 병원의 간호 방향과 전혀 맞지 않았다. 일을 시작하고 바로 원내에 사건이 하나 있었는데, 간호사가 보호받지 못하는 모습을 보고 너무 큰 실망을 했다.

이 병원도 우물인 줄 알았는데 무덤이었다. 모래 위에서 가라앉는 성이었다. 게다가 병원 특성상 외국에 있지만 한국인이 많은 병원이었다. 영어를 배우기보다 한국어를 더 많이 할 수밖에 없었다. 뿐만 아니라 병원 내에는 한국에 있을 때보다 더 심한 위계질서가 있었다. 비록 외국에 있지만 한국에서 일하는 느낌이었다.

그러나 아직도 나에게 '이직'은 긍정적으로만 다가오지 않았다. 이직은 끈기 부족, 의지 결여, 사회생활 부적응으로 느껴졌다. 병원에 들어와서 바로 그만두는 선배를 보고 '너무 빨리 관두는 것 아닌가' 생각도 했다. 그러나 먼저 떠난 선배가 옳았음을 나중에야 깨달았다. 이 병원은 아니라는 생각이 든 순간, 첫 직장에서 버티기만 해서 인생이 벼랑 끝으로 치달은 경험이 떠올라 다시 이직을 준비했다.

무엇보다 나를 계속 자극하고 발전시켜줄 환경이 필요했다. 그렇지 않다면 굳이 먼 이 나라까지 올 이유가 없었다. 그동안 남을 의식해서 버텨온 나는 이제 나를 위해 더 이상 남을 의식하며 버티지 않기로 했다. 오히려 버티는 시간이 마치 낭비처럼 느껴졌다. 그 시간에 더 열심히 준비해서 더 나은 곳으로 이직을 하는 게 인생에 훨씬 이득이었다.

첫 이직 경험을 바탕으로 2년을 보낸 다음 아랍에미리트에서 처음 들어갔던 병원을 관두었다. 인생에서 두 번째로 잘한 결정이었다. 이건 아니라고 생각한 병원을 그만두지 못하고 마냥 버텼다면, 바로 너무나도 행복한 지금의 나를 만나지 못했을 거다. 계속 불평불만만 하며 날마다 불행하다고 느꼈을지도 모른다.

이직을 위해 좀 더 배울 기회가 많고, 영어를 더 많이 사용하는 환경이고, 내가 발전하는 환경을 가진 병원을 찾아봤다. 그러나 왠지 그런 병원은 현재의 나를 뽑아 줄 거라는 생각이 들지 않았다. 내 볼품없는 이력서를 조금 더 업그레이드하지 않으면 채용에 수천 명이 몰리는 지원자 중에서 뽑힐 방법이 없었다.

그때부터 영어를 미친 듯이 공부했고, 차별화된 자격을 갖추기 위해 미국 중환자 전문간호사 자격증인 CCRN을 취득했다. 내가 가기로 결정한 병원 지원자의 모든 자격요건과 방법을 검색하고 조건과 복지도 알아봤다.

각종 구직 사이트에 이력서를 올렸고, 매일 사이트에 들어가 채용이 있는지 찾아보고 기다렸다. 병원 인사팀 이메일도 모르면서 무작정 홈페이지에 들어가 눈에 보이는 이메일로 이력서를 보냈다. 답이 없으면 한 달 뒤에 다시 보내고 연락이 없으면 또 보냈다. 채용도 없었지만 언젠가는 공고가 올라올 거고 그때 반드시 기회를 잡아야 한다고 생각했다. 그리고 역시나 그 기회는 왔다.

내가 병원을 인터뷰할 거야

나는 면접 준비도 평상시에 이미 마쳤고 CCRN도 합격한 상태라서 바로 면접을 보자는 말에 그러겠다고 답장을 했다. 이번만큼은 옳은 선택을 하고 싶었다. 또 다시 시간 낭비를 하고 싶지 않았고 나와 맞지 않는 병원을 선택해서 '여긴 아니야'라는 말을 반복하고 싶지 않았다.

그래서 그동안 본 면접이 병원 측에서 나를 테스트하기 위한 자리였다면, 이번 면접은 내가 병원을 평가하기 위한 수단으로 이용했다. 내가 알아본 내용이 맞는지 확인해보고 내가 직접 병원을 테스트하는 자리로 이용했다. 오히려 내가 면접자의 입장에서 질문을 하면서 병원의 가치관과 근무 환경을 확인했다. 그리고 역질문을 통해 최대한 관리자들로부터 내가 이 병원에서 일해도 괜찮을지에 대한 답을 받았다.

역시 이번 병원은 확실히 차원이 달랐다. 피면접자를 대하는 매너도 좋고 질문이 뻔하지 않았다. 교육간호사가 하는 질문을 통해 내가 어떤 교육을 받을지 확인했다. 수간호사가 묻는 질문에서 리더의 문제 해결 방식을 유추했다. 그리고 영어를 배울 환경으로도 최적이었다. 한국인이 나 혼자였기 때문이다.

사실 '면접'은 회사가 직원을 고용하기 위해 피면접자를 테스트하는 자리이지만, 직원 입장에서도 내가 회사를 고르기 전에 회사가 나의 가치관과 맞는지 역테스트 할 수 있는 자리이기도 하다.

면접 중에 매니저가 물었다.

"당신 환자가 아무리 봐도 이상한데 의사는 아무것도 하지 않겠다고 합니다. 그럴 경우 당신은 어떻게 하겠습니까?"

난 이렇게 대답했다.

"흠…. 저에게는 환자가 먼저입니다. 어떤 상황이든 환자가 먼저라는 기준을 가지고 일했을 때 가장 올바른 답이 나왔습니다. 저는 환자를 위해서라도 한 번 더 물어보겠습니다. 물어보는 것이 큰일은 아니니까요."

그들은 나의 답변이 병원 모토와 완벽히 맞았다고 했다. 면접하는 동안 발언권이 인터뷰를 하는 자보다 피면접자인 '나'에게 더 주어졌다. 나는 면접관이 피면접자를 대하는 방식을 관찰했다. 시종 면접 분위기는 딱딱하기보다 편하고 서로 웃으면서 진행되었다.

인터뷰 결과, 나는 합격을 했고 현재 아부다비에서 일하고 있다. 지금은 병원 생활에 매우 만족한다. '아, 이 사람이야말로 리더구나' 싶을 만큼 매니저들에게서 배울 점이 많다. 어떤 상황이 닥쳐도 그들의 대처능력은 뛰어나다. 쓸데없는 눈 가리기, 남 탓하기, 한 명으로 모는 방식과는 다르게 매우 진취적이고 능률적이다.

한국인이 나 혼자라 한국어를 쓸 일이 없어 영어도 자연스럽게 늘었다. 환자의 응급도도 높았고, 그만큼 배울 기회도 많았다. 무엇보다 모든 간호와 의학 정보가 최신 수준으로 늘 업데이트되어 최신 의학을 따라갈 수 있었다.

시스템이나 장비 등 모든 리소스들이 완벽에 가까워 간호사가 사고를 치겠다고 작정하지 않는 이상 잘못될 가능성이 거의 없다. 예를 들어 바코드로 환자의 팔찌와 약물을 찍어야 한다. 한국에서 자주 일어나는 수액이 다 들어가 버리는 사고도 없다. 모두 기계로 주입되기 때문이다. 약물도 기계가 알아서 계산하기에 굳이 계산기를 두드릴 필요도, 잘못 계산된 약물 용량이 투여될 일도 없다. 그저 인퓨전 펌프에 용량만 입력하면 그만이다.

기록시스템도 차팅 시간을 줄이는 방향으로 설계되어 있다. 매일 근무가 끝나고 하루에 2시간씩 앉아서 차팅을 넣을 필요도 없다. 모든 기술, 장비, 시스템 요소들이 간호사의 업무 부담을 덜고 환자들의 안전을 위해 최대한으로 지원된다.

이런 환경에서 일하다 보니, 그동안 일했던 병원에서는 왜 업무 환경을 바꾸거나 의료 장비를 업그레이드하거나 시스템을 개선하지 않고 간호사의 업무역량만 탓했는지에 의문이 들었다.

왜 수액이 다 들어가게 하려고 위험한 수액세트를 쓰는 걸까? 선진국에서는 모든 약을 기계로 투입해 사고를 줄이는 동안, 왜 의료 선진국을 외치는 우리는 중요한 약만 기계를 쓰고, 실수가 생기면 항상 간호사를 탓했을까? 분명 많은 환자를 보면 간호사의 사고율과 피로도가 증가함을 알면서, 간호사 1명당 환자 수를 줄이기보다 환자 안전행사를 열어 안 그래도 부족한 쉬는 날을 빼앗았을까?

위계질서로부터 자유로워지다

나는 무엇보다 위계질서가 없는 조직문화가 너무 좋다. 더 이상 수 선생님이 '내가 말하는데 감히 앉아서 차팅을 넣어'라고 하지 않는다. 매니저가 나에게 물어볼 일이 있으면 먼저 대화할 시간이 있냐고 묻는다. 공식으로 나와 미팅을 하고 싶으면 메신저를 통해 약속을 잡는다. 여기서는 아랫사람이 모든 권리를 포기하고 윗사람의 위신을 지켜주는 수직관계가 아니라 모두를 동등하게 수평관계로 대한다.

버티는 것만이 답일까요?

우선 '이직'을 바라보는 생각과 문화가 바뀌어야 한다. 간호대학 학생들에게 무작정 버티라는 말을 강요해서는 안 된다.

누군가의 '사직'을 안쓰럽게 쳐다보는 것이 아니라 더 좋은 곳으로 가려는 길을 응원해주는 마음이 먼저 드는 문화가 중요하다. 만약 내가 '어떻게 취직한 병원인데 5년은 일해야지'라는 마음으로 버티겠다고 생각하며 이직을 망설였다면 현재의 행복한 '나'를 만나지 못했을지도 모른다.

현재의 내 환경이 자기발전에 도움이 되지 않는다면 과감하게 병원을 나와야 한다. 그리고 더 이상 불평만 하지 말고 더 좋은 환경을 가진 병원에 배짱을 보일 만큼 몸값을 올려서 내가 병원을 고를 수 있는 위치가 되어야 한다.

이직이나 사직은 패배자들의 선택이 아니다. 마냥 버티면서 인생을 갉아먹는 것이 패배자의 모습이다. 버틴다고 모든 문제가 해결되지 않는다. 나 자신이 병원을 테스트하러 나가자. 앞으로 일할 병원을 직접 인터뷰하러 나갈 정도로 몸값을 올리자.

나의 인생무기, 나만의 성공철학이 생기다

인생에서 너의 임무는 세계 최초로 개인의 성공철학을 완성하는
것이다.

─ 『결국 당신은 이길 것이다』, 샤론 레흐트·나폴레온 힐

어느 날, 영화배우 베네딕트 컴버배치(Benedict Cumberbatch)의
연설을 들은 적이 있다. 'JUST DO'라는 주제의 이 연설문에서 그
는 예술가 솔르위트가 동료 예술가인 에바 헤세에게 쓴 편지 내용
을 인용했다.

 "Dear Eva,

It will be almost a month since you wrote to me and you have possibly forgotten your state of mind(I doubt it though). You seem the same as always, and being you, hate every minute of it. Don't! Learn to say "Fuck You" to the world once in a while. You have every right to. Just stop thinking, worrying, looking over your shoulder, wondering, doubting, fearing, hurting, hoping for some easy way out, struggling, grasping, confusing, itching, scratching, mumbling, bumbling, grumbling, humbling, stumbling, numbling, rambling, gambling, tumbling, scumbling, scrambling, hitching, hatching, bitching, moaning, groaning, honing, boning, horse-shitting, hair-splitting, nit-picking, piss-trickling, nose sticking, ass-gouging, eyeball-poking, finger-pointing, alleyway-sneaking, long waiting, small stepping, evil-eyeing, back-scratching, searching, perching, besmirching, grinding, grinding, grinding away at yourself. Stop it and just DO."

세상을 향해 가끔 '꺼져'라고 말할 줄 알아야 해.
우릴 그럴 권리가 있어. 그만 생각하고, 그만 걱정하고, 불안해하지 말고, 망설이지 말고, 의심하지 말고, 두려워하고 상처받지 말고, 쉬운 길만 찾지 말고, 혼자 낑낑거리고 욕심부리지 말고, 혼

란스러워하고 가려워하고 긁고 머뭇거리지도 말고, 우왕좌왕하고
투덜거리고 비약하고 휘청거리지도 말고, 조작하고 횡설수설하고
도박하고 구르지도 말고, 문지르고 밀쳐내고 꽉 묶어버리고 깨버
리지도 말고, 욕하고 신음소리 내고 끙끙 앓지도 불평하지도 말
고, 분석하지도 허튼소리 하지도 따지지도 말고, 트집 잡고 찜찜
해하고 오지랖 떨고 쓸데없는 짓도 하지 말고, 눈 찌르지도 손가
락질하지도 훔쳐보지도 말고, 한참 기다리고 찔끔찔끔 가고 째려
보고 아첨하지도 말고, 찾지도 앉아서 쉬지도 이름에 먹칠하지도
말고, 스스로 갉아먹고 또 갉아먹고 또 갉아먹지 말고. '생각 그
만하고 당장 해!'

내용이 더 궁금하거나 영상을 직접 보고 싶다면 유튜브에서
'베네딕트 컴버배치 연설'을 검색하면 된다. 나는 가끔 이 연설 영
상을, '내가 어떤 일을 머뭇거리거나' '해야 할 일을 미룰 때' 본다.
그리고 위의 편지에 나오는 '생각 그만하고 당장 해!'라는 말처럼,
크게 심호흡을 한 번 하고 소파에서 일어나 일을 시작한다.
해외 생활을 시작하고 다양한 나라의 사람들과 이야기를 하면
서, 각 개인이 가진 사상, 철학 등에 대해 대화를 나눌 기회가 많
아졌다. 지금껏 이런 인생에 관련된 질문을 진지하게 생각해 본 적
이 없어서인지 그때마다 나는 대답을 못하고 얼버무렸다. 그러다
무심코 성공철학까지는 아니더라도, 오로지 나만의 경험을 통해

확실하게 얻은 '하나의 인생철학'이 무엇이 있을까 고민해 보았다.

오랜 생각 끝에 내린 결론은, 행동을 결정하거나 무언가를 하기 두렵거나 머뭇거리며 망설일 때면 내면의 나는 이렇게 다짐했었다. '아니야, 할 수 있어. 그동안 너는 망설이지 않고 늘 바로 행동으로 옮겼어. 그리고 그것을 이뤄나갔어!' 하며 마치 '망설임'에게 'Come on!'이라며 따지듯이 말했던 것이다.

'그래, 힘들지만 그래도 해보는 거야.'

어쩌면 정말 중요한 건 '열심히 노력하고 최선을 다하는 행동'에 먼저 '착수'하는 것이다. 중요한 건 내가 했느냐 안 했느냐였다. 시간은 만들면 되고, 공부는 하면 된다. 운동도 하러 나가면 어쨌든 조금이라도 하게 된다.

본인이 원하는 꿈이 무엇이든 망설이지 말고 당장 시작하는 행동력 갑이 되어야 한다. 정말 원하는 목표를 위해서라면 아주 작은 것이라도 '행동'에 착수해야 한다. 일단 시작하는 용기를 가지고 당장 실천력 갑이 되어야 일이 시작이라도 된다.

주변에 실천력이 뛰어난 사람을 보면 처음에는 '쟤, 또 시작이네'라는 말을 많이 듣고 무시를 당한다. 그러나 얼마 지나지 않아 관찰하면, 그 사람은 거의 성공에 근접해 있다. 욕을 먹던 처음과는 달리 마침내 '열심히 하더니, 정말 됐네'라는 말을 듣는다.

누구는 시작도 안 하는데, 또 다른 누군가는 이미 시작을 하고 있다. 누군가는 중간에 멈추든 포기를 하든 일단 시작이라도 했고, 반면에 그 일이 과연 옳은지 아닌지 수없이 고민만 하느라 아직 시작도 안 한 사람이 있다. 바로 행동력을 가진 이와 그렇지 못한 이의 큰 차이점이다.

시작을 하면 분명 엄청 고되고, 어렵고, 시간도 걸린다. 모든 사실을 인정하고 '일단' 시작을 해야 한다. 우리는 완벽한 그림이 이미 나올 거라 예상하고 그림을 그릴 수 없다. 그러나 궂은일도 마다하지 않는다는 자세로 팔을 걷어붙이고 조금씩 그려 나가고, 그린 그림을 끊임없이 검토하고, 분석해서 새로운 방법을 시도하면 완벽에 가까운 그림이 탄생한다.

꿈을 향해 나아가는 노력과 끈기도 필요하지만 무엇보다 '일단' 시작을 해야 한다. 어떻게 하면 아랍에미리트 간호사가 될 수 있냐는 질문을 받는다. 어떤 에이전시를 이용했는지, 돈을 얼마를 냈는지, 추천인은 누구인지, 이력서를 좀 보여줄 수 없는지, 메일 내용이 무엇인지 등 세부적인 '방법'을 묻는 질문을 많이 받는다.

내가 어떻게 지원을 했고 무엇을 준비했는지, 무슨 질문을 받았는지 이야기하기는 쉽다. 그저 내가 해온 모든 '시작'을 이야기하면 된다. 사실 이야기하긴 쉽지만 어려운 건 따로 있다. 바로 매번 결심을 하는 순간의 행동력을 키우는 것이다. 내가 진짜 하려는 의지가 없었다면 과정이 어땠는지, 무엇을 준비해야 하는지 설명할 수 없다. 가끔은 그저 길을 묻기보다는 오히려 길을 걸어간 사람의 여정을 들어보면서, 또 다른 나만의 길을 직접 하나씩 만들어 나가는 것이 훨씬 재밌고 효과적이다.

새로운 길을 만들어 나가려면 매번 새로운 도전을 해야 한다. 문제를 직접 해결하고, 어떠한 장애물과 역경이 발생해도 '안 되면 다른 방법으로 시도하면 되지'라는 마음으로 헤쳐 나아갈 수 있다. 온전히 본인만의 선택으로 이뤄진 길이기 때문에, 힘든 시련이 와도 유연하게 다른 방법을 찾아 충분히 나아갈 수 있다.

반대로, 내가 도전하려고 노력하기보다 누군가가 만들어 놓은 길을 그대로 따라가면 역경이 발생 때마다 길을 제시해준 사람에게 새로운 길이라 익숙하지 않은데 어떻게 하냐고 당황하며 다시 물어야 한다. 내비게이션만 믿고 운전을 한 사람은 내비게이션이 없을 때, 어느 길로 가야 할지 몰라 길 한복판에 멈춰서 내비게이션을 구할 때까지 움직이지 못하는 것처럼 말이다.

나는 해외 간호사가 되려고 한 달 만에 영어를 술술 말하게 만들어준다는 영어 학원 강의 후기를 보고, 다른 사람이 했던 방식대로 따라했다. 그러나 수강료만 많이 내고 1강만 들은 다음에는 전혀 듣지 않았다. 두바이 간호사가 되는 방법이라고 해서 열심히 읽고 따라 했는데 내가 봉착한 문제를 블로그 주인이 대답을 해주지 않아 해결할 수 없었다. 미국 간호사가 되는 방법을 보고 따라하다가 아이엘츠 영어점수만 올리느라 1년을 소비했지만, 맥도날드에서 영어로 햄버거 하나 제대로 주문을 할 수 없었다.

나는 누군가의 '계획'을 따라 하기를 좋아했다. 교재 선정 시에도 공부 계획표를 미리 주는 책을 좋아했다. 이유는 간단했다. 남이 짜준 여정을 그대로 따라가면 굳이 내가 계획을 만들 필요가 없기 때문에, 그때에는 그것이 더 쉽고 빠른 길처럼 느껴졌다.

나는 실패를 겪고나서 방향을 바꿨다. 진짜 내가 뭘 하고 싶은지 충분한 시간을 두고 고민하면서, '남'이 아니라 '나'에게 맞는 방법을 찾고 실천했다. 다른 사람의 여정을 그대로 따라 하면 나도 똑같이 되겠지 하는 마음을 버리고, 누군가의 여정에서 배울 건 배우고 나에게 과연 맞는지 능동적으로 확인하는 과정을 거쳤다. '나는 나만의 방식으로 해보겠어'라는 마음과 '좋아, 당장 해보는 거야'라는 실천력만 있으면 뭐든 가능했다.

책을 쓰는 일도 마찬가지였다. 우선 책을 쓰면서 어떤 성장을 할지, 책을 쓰는 목적은 무엇인지 고민했고, 책을 쓰기로 결심하자 바로 노트북을 펼쳐 무슨 책을 쓸지 고민했다. 그리고 바로 원고를 써 내려갔다. 이 책을 쓰는 모든 과정을 스스로 개척해 나갔다.

모든 원고를 내 손으로 직접 쓰고, 책에 맞는 표지 도안을 직접 디자인하고, 책 내용에 맞는 삽화를 잘 그려줄 삽화가를 찾았다. 출판사도 직접 알아봤다. 그리고 이 모든 과정을 정말 재밌게 즐겼다. 며칠 밤을 새워 글을 써도, 하기 싫은 일을 억지로 하는 느낌보다는 더 잘 쓰고 싶다는 감정으로 '열정'을 다했다.

『결국 당신은 이길 것이다』라는 책에 나왔듯이, 29년 만에 나를 좋은 방향으로 이끄는 나만의 성공철학을 알아내는 임무를 완수했다. 고민하지 말고 내가 옳다고 생각한 순간 바로 '실천하는 행동력'이 바로 나를 이끄는 힘이라는 걸 알았다.

본인이 결정하고 스스로 개척해 나가는 길은 그 어떤 고난과 역경이 와도 흔들리지 않는다. 인생은 주입식으로 교육할 수 없다. 스스로 하나하나 겪고 부딪히면서 알아가는 인생이다. 내가 당장 무엇을 하고 싶고 무엇이 되고 싶다면, 먼저 스스로에게 질문해 답을 찾아야 한다. 그리고 그것을 바로 실행하는 역량까지 갖출 수 있다면, 스스로 꿈꿔오는 삶을 살 수 있다고 나는 믿는다.

당장 무엇을 할 건지 종이에 적어보자. 그리고 생각은 그만하고 당장 무엇이라도 하자. 목표에 대한 명확한 비전을 가지고 계획을 짜서 새롭게 하루를 시작하고, 우선 계획 중에서 단 하나라도 무작정 실행해보자.

Chapter 2.

강구하라, 반응하지 말고

탓하기를 좋아하는 사람들

'When you blame others, you give up your power to change.'

−Robert Anthony

'Be proactive, Not reactive'는 스티븐 코비(Steven Covey)의 성공하는 사람들의 7가지 습관(The seven habits of highly effective people) 가운데 첫 번째 습관이다. proactive의 사전적 의미는 '상황을 앞서서 주도하는', '사전대책을 강구하는'의 뜻이다. 반면에 reactive는 '상황에 반응하느라' 바빠서 남 탓을 하거나, 상황에 대한 불평과 불만만 늘어놓는다는 뜻이다.

간호사들은 병원 내 '어떠한' 수많은 상황에 늘 연관되어 있다. 하나의 상황을 해결하고 나면 다른 상황이 닥쳐오고, 다른 상황을 처리하는 동안에도 이미 또 새로운 상황이 발생하고 있다. 겨우 문제를 해결하고 나왔는데 또 다른 문제가 생긴다. 이 개미지옥에서는 물 마실 시간도 화장실에 갈 시간도 갖지 못한 채 다음 일을 해결하기 위해 정신없이 움직여야 한다.

연차가 점점 올라가면서 나에게 이런 '상황'이 생길 때 나는 해결에 필요한 마인드를 바꾸려고 많이 노력했다.

Not reactive

상황을 해결하는 데 더 집중하기 위해서 가져야 할 태도는 바로 '반응하지 않기'였다.

돌이켜보면 인생은 매번 주어지는 상황을 어떻게 헤쳐나가냐에 따라 성장할지 혹은 제자리에 머물러있을지 결정됐다. 그리고 그 상황을 해결하는 방법은 '스트레스를 받고 불평불만을 하는지', 아니면 '배움'을 얻고 다음 상황에서는 더 잘 대처하는지에 따라 극명하게 나뉘었다.

처음부터 나에게 주어진 사건에 반응하지 않고 건설적으로 해결하기는 쉽지 않았다. 이를 위해서는 많은 훈련이 필요했다. 그리고 마침내, 반응하지 않고 당장 주어진 상황과 문제만 객관적으로 바라보는 시각을 얻을 수 있었다. 바로 '누구 때문에'라는 말을 하지 않는 것이다.

"약국에서 약을 안 줘서."

"저 사람 때문에 나까지 괜히."

"네가 제대로만 봤어도."

"네가 환자를 볼 때만 그래, 알아?"

이 정도에서 끝나지 않고, 특정인을 정해서 탓을 하고 비난하는 사람도 있는데, 주로 이렇게 말한다.

"쟤가 일할 때만 환자가 안 좋아져."

"네가 석션 해서 환자 산소포화도가 떨어졌잖아."

"건들지 마 내 환자, 네가 만지기만 하면 안 좋아져."

상황은 특정인을 '탓'한다고 절대 해결되지 않는다. 실제로 특정인이 잘못을 했다고 해도, 우리는 '탓'을 통해 바꿀 수 없다. 왜냐면 '너 때문'이라는 말을 계속 듣다 보면, 이유야 어떻든 그로 인해 생기는 죄책감으로 하루 종일 그 생각에 사로잡혀 오히려 아무것도 할 수 없게 된다.

자신에게 날아오는 화살을 어떻게 막을지 모르는 사람은 '때문에'라는 말이 만들어낸 '죄책감'이 마음 어느 한편에 남아 자신에게 너 때문이야라고 끊임없이 속삭인다. 뿐만 아니라, '남 탓'을 하기 시작하면 문제의 본질을 파악하기 어려워진다. 이미 문제의 원인을 '특정인'으로 정했기에, 생각이 그쪽으로 가고야 만다.

정작 그 사람의 잘못이 아님에도 불구하고, 특정인을 원인으로 생각해버린다. 결론적으로 문제의 본질이 희석된다. 사건의 화살이 엉뚱한 사람에게 날아가 한 사람을 파괴하는 동안, 정작 문제의 본질은 묻힌다.

반응하지 말 것

환자의 가래 끓는 소리가 바깥까지 났다. 환자는 안절부절 못하는 상태였고 간호사 혼자 통제할 수 없는 상황이었다. 차지 간호사가 이뇨제를 투여했으니 지켜보라 했다. 내 환자는 아니지만 환자가 너무 힘들어했다. 산소 투여량도 현저히 부족해 보였고 산소포화도도 겨우 유지되었다. 청진을 굳이 하지 않아도 수포음이 들렸다.

담당간호사가 도움을 요청했고 나는 기본적인 우선순위를 생각했다. 기도(Airway), 호흡(Breathing), 순환(Circulation). 기도가 문제라면 들끓는 가래를 뽑아주면 좋아질 수도 있다고 생각했다. 아직 한 번도 석션을 하지 못했다는 간호사의 말에 석션을 도왔다. 그러나 환자는 강력히 저항했고 이에 차지 간호사가 와서는, '석션하지 말랬는데, 진짜 말 안 듣네'라고 하면서 곧장 수 선생님에게 갔다.

나는 그녀가 '주치의에게 전화해서 산소 투여 경로를 바꾸려는 구나' 생각했지만 몇 분이 지나도 차지 간호사는 돌아오지 않았다. 알고 보니 의사에게 전화를 한 게 아니라, 그 시간 동안 수 선생님과 내가 석션을 했다는 사실을 이야기하는 중이었다. 환자는 안 좋아졌고, 우선순위를 인공호흡으로 옮겨야 했다. 당장 주치의에게 전화해서 ABGA 결과를 보고 했고 산소 투여 속도를 더 증가시킬 수 있는 다른 기계를 가져오도록 했다. 그때 내 귀에 한 마디 말이 또렷이 들렸다.

> "아 그러니까요. 괜히 석션을 해가지고 환자 산소포화도나 떨어
> 트리게 만들고, 도대체 혈액검사는 왜 나가는지 모르겠네요. 석
> 션을 해놓고 참나."

정말 좌절이었다. 내 환자도 아닌 다른 환자를 살리려고 최대한 빠른 조치를 하는 도중에도 수 선생님과 차지 선생님은 아직도 '탓'을 하는 중이었다. 그동안 기계를 가져오지도 않았다. 나는 두 어른을 정말 이해할 수 없었고, 환자가 나 때문에 안 좋아졌다며 또 남 탓하기에 들어간 차지 간호사에게 한마디 해야겠다고 생각했다.

나는 당장 차지 간호사에게 가서 말했다.

"선생님, 지금 그래서 저 때문에 환자가 안 좋아졌다는 말씀이에
요?"

옆에 있던 수간호사는 나에게 지금 어디서 소리를 내는 거냐
며, 말버릇이 그게 뭐냐며 당장 사과하라고 했다. 하지만 나는 사
과할 마음이 전혀 없었다. 그럴 마음은 없다고 대답하고 다시 환
자에게 왔다.

두 간호사는 바깥에서 어이가 없다는 표정으로 나를 쳐다봤
다. 환자에게 간 나는 원내에 양압호흡 기계가 없다는 사실을 알
게 되었다. 당시 호흡기 전담팀도 퇴근을 했고, 어떻게든 다른 기
계라도 가져와야 했다. 나는 다시 의사에게 전화를 했다. 주치의는
양압기가 없으니, 인공호흡기를 적용하되, 비침습 모드로 바꾸고,
양압기를 구현할 모드를 알려 주었다.

멀리 있는 기계를 겨우 끌고 와 환자에게 적용했다. 그 와중에
수 선생님은 나를 보고 도대체 그 기계는 왜 가져오는 거냐고 했
고, 바깥에서 팔짱을 낀 채 쳐다보고 있는 두 간호사를 보면서 나
는 진절머리가 났다.

아니나 다를까 다음날 내가 '대들었다는' 소문은 널리 퍼졌고,
이 소문은 나를 다시 규정했다. 나는 '감히 차지 간호사와 수간호
사에게 대든 간호사'라는 타이틀을 가지게 되었다. 사람들이 나에

대해 수군거렸다.

의문, 문제의 본질이 후배 간호사의 '대듬'이었을까?

문제는 환자가 숨을 헐떡이는 상황에서 이뇨제를 투여했다고 기다리기보다는 '호흡부전 가능성'을 생각해 준비를 했어야 했다. 필요한 기계의 '부재'는 숨쉬기 힘들어하는 환자가 빨리 산소 공급을 받을 시간을 지연시켰다.

중환자실 내 사용 가능한 양압기가 얼마나 있는지 아무도 몰랐고, 보조원이 방을 다 돌고, 장비실을 확인하고 나서야 기계의 부재를 알았다. 그동안 환자는 호흡곤란을 겪어야 했다. 당시 인공 삽관을 아직 안 한 상태에서 양압호흡 기계가 이 환자에게 적용될 수 있음을 알고 있는데도, 사용 가능한 기계가 있는지 아무도 체크해보지 않았다.

매우 중요한 다음 원인으로, 주치의에게 노티가 상당히 늦게 됐다. 내가 차지 간호사에게 가기 전까지 당시에 아무도 연락을 하지 않았다. 한참 전에 이뇨제를 투여해 보자고 말한 통화가 마지막이었다.

이 환자는 결국 양압기를 달았는데, 이뇨제를 투여해서 해결되기에는 이미 시간이 한참 지났고, 간호사는 옆에서 기다리기보다는 숨쉬기 힘들어하는 환자에게 '숨'을 도와줄 방법을 의사와 상의했어야 했다.

마지막으로 의사소통과 협력이다. 이 부분은 나도 잘못한 점이 있다. 바로 '상황'에 반응을 했다. 아무리 차지 간호사와 수 선생님이 내 이야기를 떠들어도 반응하지 말아야 했다. 두 사람에게 반응할 시간에 빨리 담당간호사에게 주치의에게 전화하라고 말하고 동료를 도와야 했다.

당장은 기분이 나쁘지만 반응하지 않고 환자에게 더 집중해서 환자의 상태 호전을 보면 '반응하지 않길 잘했다'라는 생각이 든다. 당장은 도와주지도 않고 밖에서 기계 하나 안 주는 두 간호사가 너무 밉더라도, 꾹 참고 환자만 생각하면 언젠간 그들도 알게 된다. 무엇이 잘못되었는지.

예전에는 이런 남 탓하기 좋아하는 사람들이 만든 수많은 '탓'을 감당하느라 나는 남이 하는 이야기에 흔들렸고, 나라는 존재는 남이 수군거리는 소문으로 정의되었다. 그런데 내가 '반응'을 멈추고 '교훈'을 얻으면 나는 놀라운 속도로 성장할 수 있었다. 반면에 문제의 본질을 파악하기보다 '반응'을 하는 사람들을 보면 항상 제자리에 머물러 있었다.

수 선생님은 나를 방으로 불렀고 방금 전 차지 간호사에게 목소리를 냈다는 내용과 존중하지 못한 행동에 관해 앞으로의 계획을 사건 보고서로 작성해오라고 했다. 나는 '존중'이라는 단어와 '사건 보고서'의 뜻을 다시 검색해야 했다. 아무래도 수 선생님에게 '사건 보고서'란 아랫사람이 윗사람에게 목소리를 냈을 때 작성하는 서류라는 또 다른 의미를 지닌 듯했다.

OVR(사건 보고서)이란 반성문이 아니다. 일어난 사건을 통해 다음에는 더 나은 방향으로 해결 방안을 마련하는 보고서이다.

이 건으로 작성해야 할 사건 보고서

1. 상황: 환자의 산소포화도 감소. 이뇨제 투여 후 증상 관찰 중 환자는 빠른 호흡을 보였고, 동맥혈 검사 결과 산소포화도가 낮았음. 주치의는 양압기를 시작하자고 했으나 당시 양압기가 부재하였고 주치의와 상의 후 인공호흡기를 적용하되, 기도삽관 모드가 아니라 비침습 모드로 적용하자고 했고 이에 맞는 새로운 모드를 시작함. 산소 투여 경로 이후 환자를 재우는 약물 투여, 환자는 잠들며 호흡수가 점차 낮아지고 산소포화도가 올라감.

2. 문제: 호흡 전담팀 부재. 장비 체크리스트 점검 미숙. 장비 부재. 기도유지 프로토콜 부재. 주치의와의 통화 지연. 비효율적 의사소통. 비협력적 팀워크.

3. 해결방안: 호흡 전담팀 부재 시 대처방안 마련. 장비 체크리스트 강화. 양압기 장비 1개 대기. 인공호흡기를 양압기로 이용할 대체 방안 교육. 기도유지 프로토콜 마련.

내가 써야 할 사건 보고서

1. 문제 & 상황: 나는 몇 시 몇 분 차지 간호사에게 버릇없는 소리를 하였다.

2. 해결방안: 앞으로 무조건 차지 간호사의 말을 존경심을 담아 듣고, 정중히

사과를 하겠다.

　나는 수 선생님에게 '존중'은 두 분도 안 했으니, 나에게 사과를
하면 보고서를 작성하겠다고 했다. '존중'이라는 단어의 뜻이 아
랫사람만이 하는 마음가짐으로 아는 어른들에게 지칠 때로 지친
나는 '나는 이런 말을 들을 이유도 없어, 그냥 이 자리를 뜨고 이
사람들과 다시는 말하지 않겠어'라고 생각했다.

　상황을 당장 해결하려는 게 아니라, 일단 누구 잘못으로 처리
하기 위해 대상을 설정한 후 대화의 주제로 삼고 싶어 하는 사람
들에게 나는 진절머리가 났다. 남의 잘못을 자신이 해결한 영웅담
으로 바꾸는 모습에 신물이 났다. 그런데 참 안타깝게도, 간호사
로서 같은 간호사에게 너 때문에 환자가 안 좋아졌다고 말하는
말만큼, 자신 얼굴에 침을 뱉는 일이 있을까? 서로 위로하고 힘이
되기보다 비난하는 행동이 얼마나 모났는지를 나쁜 예를 통해 깨
달을 수 있었다.

　세상에는 좋은 어른만 있지 않다. 이제는 나쁜 어른을 보고 욕
하기보다는 신이 나에게 배우지 않아야 할 모습의 '예시'를 던져준
다고 생각을 바꿨다. 나는 이 세상 모든 교육 방법 중 '예시'가 가
장 효과적이라고 생각한다. '예시'는 상황의 결론을 통해 어떤　행
동이 좋고 안 좋은지 분명하게 알려준다. 나는 좋은 어른의 예와
나쁜 어른의 예를 구분하는 '객관적인' 눈을 갖는 데 상당한 시

간이 걸렸고, 이유가 어떻든 그동안 '나쁜 예'에 더 쉽게 길들여졌었다.

아무래도 이 사회에서 살아 남기 위해 남을 헐뜯지 않는다면 그들의 대화에 끼지 못하였기에, 나도 이런 나쁜 예들에 동참해야 하는 순간도 있었다. 그러나 나쁜 예와는 다르게 좋은 예는 우리 사회에서 힘이 없고, 어떤 면에서는 '바보 같다'로 받아들여진다.

결론은 좋은 예를 알아보는 눈을 가질수록, 나쁜 예에 반응을 하지 않고 닮지 않겠다는 마음을 가지는 것만으로도 앞으로 더 좋은 인생을 사는 시기를 하루라도 빨리 앞당겨준다는 사실을 나는 깨달았다.

현재 일하는 곳에는 좋은 어른이 많다. 일이 끝나면, 근무시간이 종료되면 모든 게 끝이다. 지금 환자가 안 좋은데 내 근무 때는 괜찮았냐는 어리석은 질문을 절대로 받지 않는다. '너 때문에 환자가 안 좋아'라는 말을 같은 간호사에게 하지 않는다. '때로는 우리 힘으로 안 되는 일도 있어'라는 위로를 동료에게서 받는다. 오히려 나의 간호사 업무를 침범하는 나쁜 어른을 배타적으로 대한다. 남 탓하기 좋아하는 어른이 살아남기 매우 힘든 환경이다.

환자가 안 좋아지면 남 탓보다는 적극적으로 도와준다. 매니저까지 나와서 약을 건네주고 내가 필요한 게 있을까 봐 문밖에서 물건을 전달한다. 총괄 매니저는 늘 존중하는 마음으로 나를 대한다. 환자 옆에 있는 나를 최대한 도와주려고 노력한다. '존중'은,

윗사람이 아랫사람에게도 할 수 있다는 생각이 들었다.

남 탓을 한다는 건 어쩌면 상황을 바꿀 힘을 남에게 건네주는 것과 다름없다. 누군가 남 탓을 할 동안, 누군가는 같은 실수가 반복되지 않도록 상황을 바꿀 힘을 기르고 있다.

좋은 사람과 일하면서 나도 인간적으로 괜찮은 사람이 되고 싶다. 남의 잘못을 이야기 소재로 삼고 싶지 않다. 다른 사람의 반응에 정신 팔리느라 환자의 문제를 해결 못하고 지연시키고 싶지 않고, 정신 상태를 매우 평온하게 하여 반응 욕구를 잠재우고 싶다.

이제 나는 좀 편안하다. 남 탓하는 문화에서 벗어나 단지 죄책감의 압박에서 벗어났을 뿐인데 삶이 완전히 달라지는 느낌이다. 남의 눈치를 보느라 나 자신을 보호하기 위해 거짓 모습으로 위장할 필요가 없다. 그냥 편안하다. 여기에서 나는 진짜 '내 모습'일 수 있기 때문이다.

항상 ~하는 척하기, 눈치 보기, 내 뒤통수 바로 뒤에서 내 실수를 수군거리며 흉보는 이야기를 듣지 않는 척하면서 다 듣고 있기, 정색하기와 입다물기, 남의 실수에 같이 동요하기를 더 이상 하지 않아도 된다.

일이 항상 재미있으니 비로소 숨통이 트인다. 그간 입어온 코르셋을 벗어 던진 기분이다. 이미 일어난 상황을 탓하기보다 해결을 하는 사람이 되자. 반응하지 말고 생각하자. 누군가에게 '너 때문에 환자 죽었어'라 말할 때, 본인이 이 말을 들으면 어떨지.

제 실수입니다만

"We don't make mistakes, we just have happy accident."

그동안 여러 나라 사람과 함께 일하면서, 내가 지금까지 옳다고 믿어오고, 반드시 그래야 한다고 생각한 신념 중에는 사실 꼭 그렇지 않은 것도 많았다. 우물 안 개구리가 우물 밖으로 나와 뛰어놀기까지 적응할 시간과 노력이 필요했다. 29년 동안 생각해온 방식을 하루아침에 바꾼다는 건 사실 쉽지 않았다.

'한국적'이지 못한 사회적 통념이나 사상은 나에게 불편하게 다가왔고, 내가 말하는 '이래야지'는 '난 다르게 생각해'라는 뜻으로, 다양한 나라에서 온 친구를 억지로 이해시키려고 했다. '이건 이래야지, 어떻게 그럴 수가 있어'라는 말을 첫 1년 동안 입에 달고 살았고, 내가 옳다는 생각을 버리고 나서야 우물 밖에서 자유롭게 뛰어놀게 되었다.

나의 첫 우물 밖 경험은 바로 '실수'를 통해서였다. '어떠한 실수도 용납할 수 없다'는 생각을 가진 나는, 다양한 나라에서 온 사람들이 모인 이곳에서, 그들이 '실수'를 어떻게 다루는지 직접 보면서 '실수'에 대한 그들의 태도에 상당한 충격을 받았다.

대한민국에서 실수란 '용납할 수 없는' 행위이다. 적어도 나에게는 그러했다. 게다가 한치의 실수도 용납이 안 되는 병원이라는 공간에서는 0%의 실수와 100%의 완벽성을 보여야 했다. 살면서 단한 번도 '실수'를 긍정적으로 생각해보라는 가르침을 받아본 적이 없는 나는 처음으로 사회라는 곳에 입문해서 실수에 반응하는 여러 가지 방법을 지켜봐 왔다. 그리고 나는 사회가 알려준 대로 '절대 실수하면 안 돼'라는 인생 규칙을 세웠다.

사소한 실수도 절대로 용납하지 않도록 훈련된 나는 아부다비로 옮긴 후 한 가지 실수를 했고, 환자에게 영향을 미치는 문제는 아니었는데도 실수를 했다는 사실 때문에 자신을 용납할 수 없었다. 마음이 계속 불편했던 나는 주변 사람을 붙잡고 하소연했다.

"내가 이런 실수를 했는데, 선임 간호사가 나를 무능력하고 소질
이 없다고 생각할까? 그녀의 표정이 너무 안 좋아 보여. 태도도

조금 다르게 느껴지는데, 너는 어떻게 생각해?"

이 질문은 정말 선임 간호사가 나를 어떻게 생각할지 묻는 질문은 아니었다. 솔직히 '나 실수를 했는데 마음이 너무 불편하고 계속 생각이 나니 무슨 말이든 해줘. 내가 괜찮도록'과 유사한 마음이 더 컸다. 머릿속에서 온갖 혼잣말을 꺼내어 속 시원하게 이야기하고 풀지 않으면, 내면의 목소리가 계속 나에게 떠들어대는 바람에 너무 괴로웠다.

그때마다 '괜찮아, 신경 쓰지 마' 하면서 마음을 다졌지만, 효과가 떨어지면 또 다른 사람에게 가서 내가 한 일에 대해 말하고 그들이 계속 '괜찮아'라는 말을 해줘야만 실수가 정말 '괜찮아'졌다.

나는 위안을 얻기 위해 캐나다에서 온 간호사인 크리스틴 옆에 앉아 내가 한 실수를 말했다. 그러자 그녀는 나에게 물었다.

"혜진, 왜 절대로 실수하면 안 되는 거야?"

나는 그녀에게 대답했다.

"그래야 욕을 안 먹으니까."

그녀는 나의 대답에 매우 놀라서 '그게 이유야?'라고 반응했다.

그렇다. 나의 입에서 불쑥, 자연스럽게 나온 대답인 만큼 그 말은 진심이었다. 그러고 보니 내가 '실수를 안 하고 싶은 이유'는 그동안 경험한 비난, 수치심, 욕들이 떠올라 두려웠고, '실수하면 또 얼마나 욕을 먹을까' 혹은 '이번에 실수하면 끝이야, 관둬야 할지도 몰라'라는 생각 때문이었다.

한국 사회에서는 '실수'를 하면, 사람들 앞에서 비난을 받고, 그때까지 해온 모든 일까지 함께 욕을 먹는다. 그들은 아무래도 '쟤, 저번에도 그랬잖아'라는 말이 너무 하고 싶은 모양이다. 하룻밤 사이에 나는 머리에 아무것도 들지 않은 깡통, 간호대를 어떻게 졸업했는지 모른다며 간호사의 자질마저 없는 사람으로 둔갑하고 만다.

이런 비난이 하루 만에 끝난다면 너무 다행이다. 문제는 나날이 심해진다. 남의 이야기를 하기 좋아하는 사람들은 죄인이 된 내 모습과 수군거림에 너무 재미있어 한다.

갑자기 주변 사람들이 수군대는 모든 말이 확성기를 대고 말하는 듯 또렷이 잘 들린다. 그들이 말을 크게 하기도 하지만, 반대로 실수를 한 순간 재잘대는 소리에 내 귀가 쫑긋해지기 때문이기도 하다. 안 듣는 척하면서 뭐라는지 최대한 들으려고 다른 일을 하는 척해도 내 귀는 온갖 다른 사람의 속삭임에 집중되어 있다. 나는 더욱 수렁에 빠져 지금 하는 일마저도 제대로 하지 못하고, 주변 사람의 바뀐 태도를 피부로 느끼게 된다.

나는 거의 미치광이처럼 점점 더 자책한다. 그들이 말하는 멍청이, 바보 같은 말을 자신에게 한다. 하루 종일 시달린 나에게 '도대체 왜 그런 실수를 한 거야!'라고 폭언을 일삼는다.

이런 감정을 느낀 후, '나는 실수하고 난 다음의 치욕감을 알아'라는 마음으로, '나는 반대로 다른 사람이 한 실수에 대해 그들처럼 똑같이 하지 말아야지'라는 생각이 들었다고 말하면 거짓말이다. 나도 그들과 똑같아진다는 점이 문제다. 이 조직사회에서 탈락하지 않기 위해 나는 '아 진짜요? 왜 그랬대요?'라고 대답한다. 본대로 배운다고, 배운 만큼 행동한다.

캐나다 간호사가 나에게 말했다.

> "그러니까, 남에게 욕먹기 싫어서 실수를 하면 안 된다는 거구나.
> 그런데 혜진, 너는 남을 위해서 사는 게 아니라 너 자신을 위해
> 서 사는 거잖아. 네가 자라온 환경을 비난할 마음은 없어. 하지
> 만 적어도 혜진, 이곳에선 네가 실수를 해서 남들이 널 비난하고
> 욕할 거란 생각은 안 해도 돼. 혹시라도 누가 너의 실수로 가십거
> 리를 만든다면 그들에게 이렇게 말해. Excuse me? This is my
> mistake. Not yours."

사실 29년 동안 나의 실수를 가지고 떠들어대는 사람들에게, '죄송합니다'라는 말 외에, '잠시만요, 제 실수인데 그쪽이 왜 떠들

고 다니죠'라고 말해볼 생각은 한 번도 한 적이 없었다.

나는 그녀에게 대답했다.

"안돼, 그런 말 하면 정말 한국 사회에서는 매장당할 수도 있어."

우리의 대화를 듣고 있던 포르투갈 간호사가 대화에 끼어들었다.

"그렇지 않아 혜진, 여긴 다른 사회야. 그리고 넌 오히려 실수를
해야 돼."

평소 엑센트가 강하고 중후한 목소리를 가진 이 포르투갈 친
구는 나의 눈을 지긋이 쳐다보면서 말했다.

"있잖아, 너의 실수는 정말 고귀한 거야."

나는 그에게 도대체 무슨 소리인지 모르겠다는 표정과 함께 작
은 목소리로 대답했다.

"실수가 뭐가 고귀해 …"

포르투갈 간호사는 덧붙였다.

"너의 실수는 정말 고귀한 거라고. 네가 한 실수는 온전히 네 것이야. 넌 실수를 통해 배우고 성장하기에도 모자랄 귀중한 시간에 너의 실수를 가지고 놀리는 사람들 때문에 괴로워하느라 시간을 보내는 거야."

캐나다 친구가 말했다.

"맞아 혜진, 네가 괴로워하기만 하면 돈으로 사지 못할 소중한 배움을 그냥 잃는 거야. 오히려 우리는 실수를 해야 돼. 그래야 성장해. 실수는 안 하는 것보다 하는 게 훨씬 나아."

옆에 있던 포르투갈 친구도 한마디했다.

"나도 첫 1년 동안 실수를 엄청 많이 했어. 너무 힘들어서 간호사를 관두고 싶었어. 그때마다 우리 동료들은 옆에서 나를 헐뜯기보다는 묵묵히 내가 잘 헤쳐나가도록 응원해주고 위로해줬어. 누구도 내 실수에 대해 떠드는 사람이 없었어. 나는 점점 더 발전했어. 그리고 지금의 나를 봐. 5년째 여기에 있고 나는 정말 많이 성장했어. 나는 내 직업을 진심으로 즐기고 있어."

캐나다 친구도 이 말에 동의했다.

"맞아, 한 가지 실수에서 배우는 교훈은 10가지가 넘어. 일하는 방식을 다시 되돌아보고, 우선순위를 고려하는 방식을 바꾸거나 대처 방식을 다시 배울 수 있어. 그래서 나중에 같은 상황이 와도 배운 내용을 떠올려서 다음에는 더 잘할 수 있어."

사람들이 실수를 하거나 잘못을 했을 때, 남의 시선에 너무 신경을 쓰거나 나 자신에게 너무 큰 비난을 하느라 바쁠 때가 있다. 이런저런 '생각'에 사로잡히면 다른 일을 해나가는 데 집중을 할 수 없다. 온몸에 퍼진 부정적 기운이 나의 모든 긍정 에너지를 빼앗아 가니까.

머릿속에 내가 잘못을 했다는 생각이 계속 소용돌이치며 잠시도 멈추지 않는다. 그 결과, 지금 하고 있는 일마저 망쳐버린다. 결국 사람들은 자신이 어떤 실수를 했다는 사실을 용납하지 못한 채, 계속 자신의 실수에만 매달리게 된다. 앞으로 나아가지 못하고 계속 같은 곳에 머물러 있는 것이다.

게다가 보통 시간이 지나면 잊어버리는 사람들과는 달리, 본인이 자타가 인정하는 '완벽주의자'라면 일을 끝나고 집에 돌아와 자야 할 시간에도 무언가를 잘못했다는 사실 때문에 계속 스스로를 괴롭힌다. 여기서 괴롭힘이란 멈추지 않는 '생각'이다. 생각이 멈추지 않아서 미쳐버린다. '왜 내가 그랬지, 왜 항상 나는 그렇지, 사람들이 나를 어떻게 생각할까?'라는 생각이 떠나지 않으면서… 이것은 정말 고문이나 다름없다.

언제나 실수라는 늪에서 숨쉬기 위해 허우적거리며 헤엄쳐온 나는 늪에서 빠져나와 여러 나라에서 온 사람들을 만났다. 그들을 만나면서 나의 좁은 시야는 점점 넓어지고 갇힌 생각에서 벗어나 보다 폭넓은 생각을 하게 되었다.

We don't make mistake

우리가 '밥 아저씨'라고 알고 있는 화가 밥 로스(Bob Ross)는 실수에 대해 이렇게 말한다.

"We don't make mistake. We have happy accidents."

우리는 실수를 하지 않습니다. 단지 행복한 사고가 일어났을 뿐

이죠.

밥 로스는 나무를 그리다가 그만 실수를 한다. 다른 나무와 달리 유독 튀어나오게 그려버린 나무를, 호수에 비치도록 바꾸면 더 멋있을 것 같다는 생각을 한다. 그는 실수로 잘못 그린 부분을 더 돋보이도록 하기 위해 덧칠을 한다. 나무가 강에 비치는 모습으로 그림을 바꾸었더니 전체 분위기가 한층 좋아졌다.

밥 로스의 말처럼 우리가 실수를, '행복한 사건'이 생겼다고 생각하고 배운 경험을 성장의 도구로 삼는다면 어떨까?

나는 한국을 떠나 이곳에서 일하면서 점차 실수를 바라보는 관점을 바꿔나갔다. 그러자 이전보다 긴장감과 불안감도 많이 줄어들고, 나 자신을 향한 학대도 중단하게 되었다.

나아가 더 중요한 다짐을 했다. 절대로 누군가의 실수를 험담하지 않겠다고. 나 또한 후배가 잘못했을 때 후배의 실수에 관해 다른 사람들과 이야기를 한 적이 있다. 남이 한 실수를 나의 입에 담은 적도 많았다. 그리고 나는 그러한 행동이 얼마나 추하고 나 자신을 깎아내리는 행동인지 차츰 깨달았다.

우리가 다른 사람의 실수를 험담하지 않고, 분명히 지시를 했는지, 시간이 조금 더 필요한 건 아닌지 살펴보는 변화의 행동을 보인다면, 남들 앞에서 실수한 이들을 질타하거나 비난하기보다 묵묵히 그들 스스로 배울 수 있기까지 기다려주는 마음가짐을 갖는다면, 우리가 먼저 누군가의 실수에 대해 떠들지 않음으로써 그들이 소문의 대상이 되지 않는다면, 동료와 선배 간호사가 그들의 두려움의 대상이 되지 않도록 돕는다면, 우리 사회가 '실수'에 대해 좀 더 유연한 태도를 갖지 않을까?

한국에서 간호사로 일했을 당시에는 다음날 출근하면 내 실수가 온 동네방네 소문이 나 있었고, 사람들이 수군대는 말을 들어보면 거의 대부분은 이미 변질된 내용이었다. 내 실수에 대해 당시 있지도 않은 '남'의 입을 통해 '너 뭐 잘못했다며'라고 들어야 했다. 그리고 왠지 모르게 선배와 후배들의 바뀐 태도를 바로 알아차렸다.

실수 자체가 정말 치욕스럽고 불명예스러운 느낌으로 다가올 수밖에 없는 조직문화였다. 이에 어떤 이는, 질타하고 강하게 이야기하지 않으면 본인 스스로가 실수를 했거나 잘못했다고 생각하지 않기에 보다 강력하게 대해야 같은 실수를 반복하지 않는다고 주장한다. 그러나 우리 모두가 실수를 저지른 순간을 다시 떠올려 보면, 생각보다 본인이 한 실수에 대해 굳이 누군가가 비난을 하시 않아도 스스로가 '잘못했음'을 이미 인지했던 기억이 많을 것이다.

내 실수에 대해 느끼는 감정은, 자신의 실수로 인해 만들어진 '결과'를 바라봄으로써 이를 통해 배우고 미래를 위한 소중한 교훈이 되는 것이지 남들이 질타한 내용으로 '잘못한 느낌'을 받지는 않는다. 그보다는 '수치심'에 가깝다. 즉, 우리는 사람을 질타하고, 비난하고, 소문으로 널리 퍼트린다고 해서 실수의 심각성을 느끼기보다는 본인 스스로가 행동에 책임을 짐으로써 마음속 어딘가에서 무거운 감정을 느낀다.

나는 29년 동안 변함 없던 실수를 다루는 마음가짐만 바꿨을 뿐인데, 삶이 통째로 달라지는 경험을 했다. 마음이 훨씬 가벼워지고, 실수를 통해 더 빨리 더 많이 성장했다. 그동안 파괴적 삶을 살아온 나는 이제 귀중한 실수를 앞으로 나아갈 인생의 반면교사로 삼고 있다.

무엇이든 첫 시도, 접해보지 못한 환경이 늘 존재하는 곳이 의료계이다. 처음에 한 실수가 모여 완벽에 가까워진다면 모를까, 처음이라는 말에는 완벽이 공존할 수 없다.

내 환자는 1시간, 30분, 5분 안에도 상황이 바뀌고 그때마다 나는 늘 새로운 상황에 맞닥뜨린다. 그리고 매 순간 실수도 한다. 내가 보낸 간호 인생은 7년 동안 겪어온 새로운 상황과 실수가 모여 만들어졌다. '고 연차'라는 말은 '실수를 오랫동안 한 사람'을 가리키는 건 아닐까? 그런데 '고 연차'가 '저 연차'에게 실수로 '비난'과 '욕'을 한다면, 이야말로 가랑잎이 솔잎 보고 바스락거린다고 하는 것과 같지 않을까?

우리 사회가 실수를 좀 더 관대하게 바라봐야 한다는 말이 아니다. 좀 더 유연성 있게 생각해야 한다는 것이다. 구성원들이 서로를 헐뜯는 사회가 아니라 다 함께 실수를 통해 배우고 성장할 기회가 많아지는 사회가 되었으면 한다.

더불어, 우리 스스로가 그저 수동적인 '죄인'의 모습을 보이기보다는, 나의 실수를 안줏거리 삼는 사람이나 입이 심심한 사람들에게 '잠깐만요, 제 실수입니다만'이라고 당당하게 말하는 조직문화를 가졌으면 한다.

간호조직 = 꼰대조직?

최근에 코로나바이러스로 인한 판데믹으로 환자들이 늘었다. 병원을 세바퀴 돌 만큼 환자가 줄을 서있고 입원환자가 몰려들었다. 코로나바이러스는 단순한 감기가 아니었다. 인공호흡기와 인공신장기를 필요로 할 정도로 중증도가 상당히 높았다. 간호사 한 명당 환자 한 명을 돌봐도 힘든 상황이었다. 연차로 쉬고 있었던 간호사들도 나오겠다고 자원을 해도 턱없이 간호사가 부족했다.

예상치 못한 판데믹에 의료진들은 점점 지쳐갔다. 몇몇 간호사는 과로로 몸살이 나서 나올 수 없는 사태까지 벌어졌고, 결국 부매니저까지 환자를 보고 있었다. 그럼에도 우리는 간호사가 더 필요했고 결국 최고 매니저, 총괄 매니저까지 코로나 중환자실에 투입됐다.

침상에서 환자를 보지 않는다고 총괄 매니저가 한가하진 않았다. 오히려 변화무쌍한 병원 내 환경을 정리하기 위해 밤늦게까지 퇴근을 못했다. 이를 본 부매니저는 총괄 매니저에게 자기가 환자 두 명을 볼 테니 들어가라고 했다. 그러나 총괄 매니저는 본인도 '간호사'이고 임상에 들어와 간호사들을 도울 수 있어 괜찮다고 했다. 심지어 업무량이 밀려 있는 부매니저의 상황을 걱정하며, '당신도 바쁠텐데 괜찮냐'며 오히려 걱정을 했다.

이처럼 리더들의 도우려는 모습에 코로나바이러스 사태로 지친 간호사들이 조금 더 힘을 낼 수 있었다. 그리고 나의 보스인 총괄 매니저에게 인계를 주는 간호사는 바로 1개월 새내기인 나였다. 병실 보드에 적힌 총괄 매니저의 이름을 보고 망했다는 생각이 들었다. 나는 여전히 한국 병원 문화와 아부다비 병원 문화 사이 어디쯤에 있었다.

아직은 한국 병원 문화에 더 익숙한 상태라는 게 맞겠다. 총괄 매니저에게 인계를 해준다고 생각한 순간 갑자기 압박감이 생겼다. 한국으로 치면, 수 선생님께 인계를 한다고 보면 된다. 나는 마치 업무평가 시간처럼 느꼈고, 온갖 잔소리가 예상됐다.

탈꼰대조직

나는 처음으로 '꼰대의 세상'에서 벗어났다고 생각을 했다. 총괄 매니저에게 인계를 하는데 너무 편안했다. 한국말과 영어 사이의 어투에 차이가 있었겠지만 그보다도 매니저가 인계를 받는 태도가 완전히 달랐기 때문이다. 그녀와 나 사이는 수직이 아니라 수평 관계였다. 그녀는 내가 전하는 인계를 유심히 들으며 하루 목표를 세우고 있었고, 1개월 차인 나의 인계에 끄덕끄덕 하면서 무엇보다 '존중하는 자세'로 듣는 것이었다.

인간이 상대방에게 '존중'이라는 방법을 통해 어떻게 사람을 끌어올리는지를 느꼈다. 그녀는 나에게 밤 동안 환자를 봐줘서 너무 고생했고, 인계할 때 이해하기 쉽게 말해줘서 고맙다고 했다. 다른 사람도 아닌 '총괄 매니저'가 말이다.

윗사람으로부터 존중받는 감정은 어떤 휘황찬란한 말보다도 강력하게 윗사람을 따를 정당성을 부여했다. 그녀가 나에게 보인 태도는 나로 하여금 그녀에게 자연스럽게 '존경심'을 갖도록 하였다. 충성을 강요받아온 사회에서 자라온 나에겐 이것은 신선한 경험이었다.

그동안 좋은 어른만 만났다면 걱정이 없었겠지만 사실 그렇지 않은 어른이 더 많았다. 존중보다는 권위를 내세우고, 듣기보다는 말하기를 좋아하는 어른이 너무 많았다. 이런 어른에게 '의견'을 낼 때마다 '말대꾸'라고 받아들이는 어른의 대화는 지루했고, '네 잘못했습니다'라고 하면 대화가 빨리 끝난다는 것을 배웠다.

자기가 옳다는 생각에 사로 잡힌 어른에게 '무언가를 어떻게 바꿔보자'는 말은 그저 나를 '프로불편러'로 보이게 할 뿐이다. 그리고 나는 최대한 이들과의 대화를 빨리 끝내기 위해 '이 세상 죄인 리액션'을 보여야 했다. 나의 죄인 코스프레를 본 그들은 나의 연기를 눈치채지 못하고 그저 '힘'을 가진 듯 '아무도 나를 무시 못한다'는 표정을 보이며 마침내 나를 그 공간에서 나가도록 허락했다.

한국에서 세상 모든 어른은 결국 지위를 갖는 순간 신분에 맞는 존중을 받고 싶어 아랫사람에게 강요를 한다고 믿었던 나에게, 여기서는 차원이 다른 어른을 만날 기회가 많이 생겼다. 차원이 다른 어른은, 진정한 걸크러쉬가 무엇인지 알게 했다. 본인의 높은 지위 때문에 평간호사의 일을 못하는 게 아니라 당장 우리 모두가 힘든데 직책이 무슨 소용이냐고 말하는 진정한 리더였다. 앞에서 보여주기식 사진을 찍느라 바쁜 게 아니라 뒤에서 지켜보며 팀원이 잘 하고 있는지 바라봐 주고 구성원들의 사진을 찍으며 팀원들의 노력을 높이 산다.

사람을 이끄는 힘은 사실 내가 알고 있는 사실로부터 나오지 않았다. 조직을 이끄는 힘은 학위, 학연, 혹은 '어떤 라인을 탄다고' 얻어지지 않는다.

한국에선 수 선생님을 '수님'이라고 부른다고 한다. 거의 신적 존재인 '수님'은 말 그대로 감히 말도 걸 수 없는 존재처럼 느껴진다. 수간호사가 '신적' 위치에 있다 보니, 나 또한 '수님'과 대화하고 싶지 않거나 말을 걸고 싶지 않아서 연차도 마음대로 못 쓰고, 쉬는 날에도 당당히 쉰다고 요청할 수 없었던 적이 많았다.

그런데, 구성원이 리더에게 할 말조차 못 할 정도로 신적 존재인 그 조직은 과연 성장할 수 있을까? 구성원이 문제가 있어도 함구하는 조직은 결국 안으로 곪다 못해 썩고 있는 조직이 아닐까?

퇴근도 마음대로 못하는 그들

존경과 존중을 받아야만 하는 행복한 어른은 '인사'와 '자신보다 집에 먼저 가는 것'에 상당한 집착을 한다. 이런 어른에게 인사를 안 하거나 그들보다 먼저 집에 간다는 건 아무래도 이 어른들에게, 그들의 권위와 명예를 상당히 훼손하는 것으로 여겨지는 모양이다.

한국을 벗어나 아랍에미리트에 있는 한국 병원에서 근무했을 때였다. 환자가 별로 없고 아주 한가한 데이였다. 동료들도 커피타임을 즐기고 있었다. 나는 '이게 얼마 만에 해보는 칼퇴인가!' 하고, 인계와 체위변경까지 끝내고 정시에 퇴근했다. 집으로 가는 차 안에서 갑자기 수 선생님의 전화를 받았다. 나는 너무 놀라면서도, 나도 모르게 무엇을 잘못했는지 되짚어보았다.

수간호사는 내게 두 가지 질문을 했다. 수간호사가 퇴근한 간호사에게 굳이 전화를 한 목적은 '질문'이 아닌 '질타'였다.

"선생님 지금 몇 신데 벌써 퇴근을 했어요? 인사는 하고 갔어요?"

나는 현재 한국도 아니고 아랍에미리트라는 나라에서, 외국인
이 반 이상이 넘는 병원에서 일을 하고 있지만, 단지 '한국인 상사'
를 두었다는 이유로 칼퇴 그리고 상사보다 먼저 퇴근하면 안 되는
'꼰대조직'에 있었다.

꼰대조직의 우두머리인 수간호사는 이미 집으로 가고 있는 나
에게 '충고'를 하기 시작했다. 팀워크 유지를 위해 아무리 일을 마
쳐도 주변 동료가 일을 마쳤는지 확인하고 도와줘야 하고 아직 퇴
근도 못한 우두머리에게 인사도 안 하고 가는 것이 얼마나 몰상식
한 행동인지 그녀는 말했다. 아무래도 '주변 동료'에 본인을 포함시
킨 모양이었다.

수간호사는 외국에 있지만 한국 병원의 방식을 적용하고 싶은
듯했다. 한국에서는 내 일이 끝나도 먼저 갈 수 없다. 미친 듯이 달
려온 8시간 안에 못한 일은 다음 번 간호사가 도와줘서 끝내기보
다 같이 일한 간호사들이 집에 가지 않고 추가로 노동을 하여 끝
낸다. '교대 근무'를 위해 '인계'를 하지만 사실 인계보다는 '숙제검
사' 시간에 가깝다. 검사를 완료해야 집에 갈 수 있다.

꼰대세상 속 우두머리를 만족시키려면, 퇴근을 했지만 '인사'를
하고 가기 위해 수간호사가 하는 일이 끝나길 기다려야 하고, 일
이 끝난 동료의 수다를 들어야 한다. 반대로 꼰대조직에서 탈출한

지금은 내 일이 끝나면 다른 동료를 기다리지 않고 귀가한다. 이미 12시간이라는 노동시간이 긴 이유도 있고, 근무시간 내에 못한 일은 다음 번 간호사가 도와주기 때문에, 기록을 하지 않는 이상 남지 않는다.

기록은 당연히 동료 간호사가 도와줄 수 없다. 오히려 집에 안 가고 동료를 기다리면 더 부담스러워하며 거절한다. 아침에는 수간호사가 먼저 인사를 하며 일상 대화를 나눈다. 누구도 수간호사가 집에 갔는지 안 갔는지에 관심이 없다. 단 한 번도 인사를 하고 가도록 강요받지 않았기 때문이다.

꼰대조직에서 나와서 제일 좋은 점은 바로 어처구니없는 '추가 근무 요구'가 사라졌다는 점이었다. 한국 병원처럼 출근 전 몇 시간 전에 미리 오거나 퇴근 후 남아서 일하는 경우는 없다. 정시 출근 정시 퇴근을 한다. 어쩌다 남아봤자 20분 이내이다.

왜 그동안 나의 귀중한 시간을 희생하도록 당연히 강요받아 왔고, 윗사람은 그토록 아랫사람의 시간을 빼앗는 것을 마치 권리처럼 여겨왔을까? 왜 수간호사는 근로계약서에 명시된 시간에 퇴근을 했다는 이유로 앞으로 계약서에 있는 시간보다 더 많이 일을 하도록 지시했을까?

단 한 번도 야간근무 동안 환자를 봐줘서 고생했으니 고맙다는 말을 듣지 못했다. '지금 몇 시인데 퇴근을 하죠?'라는 말과 함께 '확실히 일을 다 끝냈나요?'라 묻는 상사의 질문에 나는 최대한 빨리 대화를 끝내기 위해 목소리를 최대한 죄송한 톤으로 바꿔 '네'와 '죄송합니다'를 반복했다.

그리고 며칠 뒤 이 수간호사는 일이 끝나면 차지 간호사와 수간호사에게 '인사'와 '허락'을 맞고 가야 한다는 새로운 규칙을 정했다. 형식을 중요하게 생각하는 우두머리 덕에 다른 외국인들도 우리의 꼰대 문화에 입성을 하게 됐다. 나는 꼰대조직문화에 진절머리가 나서 병원을 그만두었는데, 결국 다시 썩은 이 조직문화에 시달리고 있었다.

퇴근하는 걸 왜 제게 물어보죠?

'탈꼰대'를 하고 난 후 똑같이 '칼퇴'를 하는 상황이 왔다. 기분 좋게 총괄 매니저에게 인계를 하고 나와서 집에 가려고 하니 정시 퇴근시간이었다. 오랜 한국 '꼰대 문화'에 적응된 나는 퇴근을 못하고 발을 동동 구르며 총괄 매니저 주변을 어슬렁거리며 서성였다.

이를 본 총괄 매니저는 나에게 질문했다.

"혹시 나랑 미팅이 있나요, 아니면 약속이 있나요?"

그들 입장에서는 퇴근을 안 하는 내 모습에서 '약속이 있어서 안 가나?', '나랑 미팅이 있는데 내가 까먹었나?'라고 생각했던 모양이다. 나는 그녀에게 '가도 되는지' 허락을 요청했고, 총괄매니저는 '그걸 왜 물어보냐고' 하면서 수고했다고 했다.

돌이켜보면, 권위적이고 무시하기 좋아하는 관리자 밑에서 일할 때 상당히 힘들었다. 3년 동안 한국에서 현재 일하는 병원의 수 선생님처럼 권위적이지 않고 간호사를 위해 애쓰는 관리자 밑에서 일했을 때 오히려 능률이 올라갔고 일의 보람, 업무 만족도도 훨씬 상승했다.

팀원도 중요하지만 팀을 이끄는 리더가 얼마나 구성원에 영향을 미치는지 알 수 있었다. 지금 일하는 병원의 팀은 일이 생기면 팀원이 서로 돕겠다고 나선다. 팀 문화 자체가 그렇다. 그런데 우리의 이런 문화를 형성해주는 가장 큰 역할을 맡는 이는 바로 총괄매니저이다.

매니저와 대화하는 데 거부감이 느껴지지 않고 대화를 시작하면 이야기를 계속 하고 싶다. 여기서는 관리자로부터 흉보기가 시작되지 않고 위에서부터 차단된다. 몰래 모여서 간호사를 욕하는 게 아니라 부족한 점은 채워주고 잘하는 점은 적극적으로 칭찬하며 응원을 아끼지 않는다. 관리자가 팀워크를 입으로만 말하기보다 팀원들이 알아서 서로를 돕는다. 구성원 스스로 '우리는 팀워크가 좋은 부서'라고 자부한다.

물론 이렇게 말할 수도 있겠다.

"너도 수 선생님 자리에 가 보면 알아. 너도 똑같이 그럴 수밖에 없어."

하지만 정말 그럴까?

"나도 그동안 다 견뎌오고 참아왔는데 너희도 그래야지. 우리 땐 다 이랬어."

이 말은 아직도 꼰대 문화를 저버리지 못하는 반증 아닐까?

한국의 조직문화도 바뀔 수 있을까요?

한국의 간호 조직문화도 바뀔 수 있을까라는 질문을 블로그에서 많이 받았다. 그리고 이 질문에 꽤 오랜 시간 고민을 해왔다.

나는 스페인 친구와 한국의 조직문화에 대해 이야기를 나눴다. 그 친구에게 물어보았다.

"어떻게 하면 조직문화를 바꿀 수 있을까?"

그러자 그녀는 이렇게 대답했다.

"글쎄, 그동안 너무 수동적이었던 사람들이 적극적으로 자신의 권리를 당당하게 요구한다면 작은 변화가 일어나지 않을까? 죄송하다고 말하기보다 이유를 묻고, 듣기만 하기보다 물어보고, 누군가의 험담에 동참하기보다 거부하고, 묵묵히 일하기보다 당당하게 퇴근시간에 가겠다고 표현해야 하지 않을까? 하지만 혜진, 그들이 오랜 시간이 지나도록 표현을 못 해온 이유가 있을거야. 너무 권위적인 관리자 때문이 아니었을까?"

'우리의 간호 문화도 바뀔 수 있다고 생각하세요?'라는 질문에 이 친구가 대답한 내용을 말해주고 싶다. 앞으로 우리도 '네', '죄송해요', '아 정말요? 그 사람이 잘못했네요'보다는 '제 할 일 다 했으니 갈게요. 제 업무시간은 세시 반까지입니다', '수 선생님은 우리를 도와주고 지지하려고 있는 사람이잖아요', '지금 혹시 남 욕하시는 거면 저는 듣고 싶지 않습니다'라고 말할 수 있다면, 자신이 무조건 옳고 높이 받들어지기를 바라는 사람들의 생각을 바꿀 수 있지 않을까?

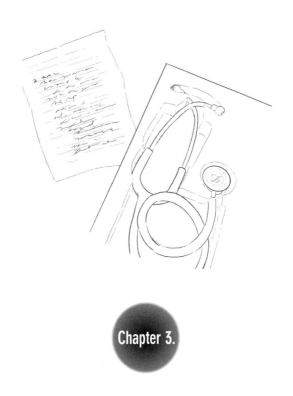

Chapter 3.

내 일을 사랑하도록 만든 사람들

자, 환자 혈당검사 할 거야. 뭐부터 할래?

병동 간호사 일을 그만두고, 처음으로 중환자실에서 일하는 날이었다. 중환자실은 병동과는 확실히 달랐다. 환자 주위에는 각종 기계와 약물을 주입하는 펌프가 여러 개 주렁주렁 달려있었다. 환자들이 걸어 다니는 병동과는 달리, 중환자실에는 모든 환자들이 입안에 긴 플라스틱 관을 꽂은 채 침상에 누워 있었다.

환자마다 모니터도 하나씩 있었고 간호 스테이션에도 여러 대가 있었다. 나는 완전 다른 세계에 온 기분이었다.

이런 복잡한 곳에서 어떻게 일을 할까, 내가 진짜 중환자를 보는 게 가능할까? 그래도 병동 경험이 있으니 기본적인 일은 할 수 있지 않을까 생각했지만 그건 오산이었다. 병동과 중환자실에서 일하는 방식은 확연히 달랐다.

갑자기 한 선배가 나를 불렀다. 이 선배는 중환자실에서 제일 무섭기로 유명했다. 말도 없고 표정도 없는 10년 차 간호사였다. 모두가 벌벌 떠는 선생님에게 나는 '네!'라고 대답하며 곧장 달려갔다.

"혈당 체크할 줄 알아?"

이 질문에 나는 뭘 당연한 걸 묻지, 그래도 몇 개월 동안 간호사를 했는데, 나를 너무 무시하는 건 아닌가 속으로 생각했다.

"그럼 ○○○ 환자 혈당 체크해 봐."

당시 나는 이 선배를 엄청 무서워했다. 이 선배가 옆을 지나만 가도 갑자기 배가 아프고 식은땀이 날 정도였다. 게다가 첫날 실수를 하는 바람에, 나는 선배에게 제대로 찍혔다고 생각했고, 이번만큼은 잘하는 모습을 보여줘서 이미지를 바꾸자는 다짐과 함께 혈당 기계와 필요한 재료를 챙겼다. 나는 바로 환자에게 갔다.

혈당 검사할 때 쓰이는 '란셋'이라는 조그마한 바늘을 들고 환자의 네 번째 손가락을 찌르려고 하는데, 선배의 따가운 시선이 느껴졌다.

"너, 뭐 빠진 것 없어?"

환자의 손가락을 찌르려 한 나는 멈칫한 후 다시 바늘을 내려 놨다. 내가 무엇을 빠트렸는지 알기 위해 가져온 물건을 바라봤다. 도대체 혈당 체크를 하는 데 더 필요한 것이 있나 생각이 들 정도로 모든 준비가 완벽했었다. 혹시 밴드를 안 가져와서 그런가 하고 쭈뼛쭈뼛 밴드를 주머니에서 꺼내 올려놓았다.

안 그래도 깊은 선생님의 미간 주름은 더 깊어만 갔고 나의 직감상 이건 오답이었다. 정적이 흘렀고, 나는 대체 뭐가 빠졌다는 건지 모르겠다는 표정으로 눈알을 이리저리 굴려가며 선생님의 눈을 봤다 환자를 봤다 다시 가져온 물품을 보며 '이제 그만하고 제발 답을 주세요'라고 맘속으로 외쳤다.

결국 나는 대답을 못했고, 선생님은 소리를 질렀다.

"설명! 설명이 빠졌잖아!"

나는 바로 '아…'라고 대답하고 환자를 쳐다봤다. 환자는 기관 삽관 상태로 누워있었다.

"너는 그냥 혈당검사해야 한다고 환자한테 가서 말도 안 하고 찌르면 다야? 너네는 늘 설명이 없어. 그냥 환자는 네가 다 마음대

로 해도 되는 줄 알아. 너를 말도 없이 갑자기 찌르면 기분이 좋

겠어?"

다른 업무로는 화를 잘 내지 않지만, 유독 환자에 관해서는 늘

진지한 선배였다. 환자가 늘 우선이었던 선배가 처음에는 이해가

안 됐다. 오히려 나는 선배를 정말 유별나다고 여겼었다. 그저 왜

자꾸 나를 트집잡으려고 저럴까, 왜 내가 싫을까 하는 생각뿐이

었다.

그러나 나는 매우 기본적인 혈당 검사에도, 환자가 누워있고

말을 못한다고 무작정 바늘로 찌르려 한 것이었다. 이런 나를 본

선배는 야단을 쳤다.

"환자가 말도 못 하고 누워있다고 해서 감정도 없고 고통도 못

느낄 거라고 생각하는 거야?"

나는 매번 선배한테 잘 보이려고 애쓰는데, 그녀는 나의 아부

를 원한 게 아니었다. 선배가 나에게 원한 건, 그저 내가 일을 잘하

는 것보다 환자를 진심으로 생각하는 마음이었다. 그러나 나는 간

호 지식을 보여주고, 일의 속도나 높이려 하면서 선배에게 아양만

떨었다. 선배가 호통을 쳤지만, 이번에는 선배가 밉다는 감정보단

나 스스로가 적지 않게 충격을 받았다.

지금까지 나는 간호사로서 가져야 할 태도가 무엇인지 한 번도 배운 적이 없었다. 오로지 빨리 항암제를 투여하고 제시간에 약이 들어가도록 일머리는 늘렸어도, 환자에게 내가 어떤 마음을 가지고 간호해야 하는지는 배우지 않았다. 오로지 '빨리하지 못해'라는 말만 들었다.

학생간호사였을 때도 마찬가지였다. 어떻게 하면 선생님들이 좋아하실까 생각하며 말하기도 전에 일을 척척 빨리 해놓겠다는 '일머리'만 배웠다. 반면 환자에게 가져야 하는 마음가짐과 관련해서는 지적받은 적도 배워본 적도 없다.

나이팅게일 선서를 했지만, 선서식은 선서 내용에 집중하지 않았다. 전형적인 '보여주기식'에 더 초점이 맞춰진 선서식을 위해 수업이 끝나고 남아 정렬을 맞추고 리허설을 여러 번 했고, 나는 머리카락이 한 오라기라도 삐져나오지 않도록 스프레이를 머리에 마구 뿌려댔을 뿐이었다.

교수님은 나이팅게일 선서의 내용을 진지하게 설명하기보다 립스틱을 더 바르고 머리를 다시 묶으라고 했고, 카메라가 많으니 미소를 지으라고 했다. 그랬던 나는 간호사라는 직업을 시작한 지 1년이 넘어서야 처음으로 환자를 대하는 마음을 배웠다.

간호사라는 직업을 직장인과 다를 바 없는 서비스직이라고 느낀 내게 환자보다는 업무가 먼저였다. 환자를 그저 '간호'라는 서비스를 이용하기 위한 고객이라고 여겼고, 나는 그들을 업무를 처리하기 위한 하나의 업무단위로 여겨왔다. 나는 그저 주어진 업무만 하면 된다고 생각했다. 이런 나에게 그 선배의 말 한마디 한마디는 머리를 한 대 얻어맞은 듯 정신이 들게 했다.

집에 돌아오는 퇴근길 내내 나는 그동안 어떤 간호사로 환자에게 존재해왔을까 생각했다. 그리고 이런 생각을 하도록 일깨워준 선배가 너무 고마웠다. 나는 어쩌면 인생 선배를 만났을 지도 모른다는 생각을 했다. 다가가기조차 힘든 이 선배에게서 모든 걸 흡수해서 배워야겠다는 다짐을 했다. 그러고는 이 선배가 일하는 모습을 유심히 살펴봤다. 하도 선배를 열심히 관찰하다 보니 나중에는 선배의 말투, 표정을 따라할 정도였다.

나는 선배의 모습에서, 그녀가 얼마나 환자를 인간 대 인간으로 보는지 알게 됐다. 얼마나 선배가 환자를 자기 부모님만큼 여기는지를 느꼈다. 선배를 만나고 나의 간호 인생이 뒤바뀌는 경험을 했다.

내 일은 다른 직업과는 완전히 다르게 하나의 생명과 직결되는 일이라는 걸 깨닫고 나서야, 간호사라는 내 일이 훨씬 더 특별하게 느껴졌다. 누군가의 삶에 매일매일 변화를 일으키는 내 직업이 다르게 보였다.

돈 때문에 일한 지난날과는 달리, 이젠 아픈 환자가 빨리 나을 수 있도록 최선을 다하고 싶었다. 누구에게 잘 보이기 위해서도 돈을 많이 벌기 위해서도 아니고 환자들이 나에게 와 덜 아프면 그걸로 충분했다. 그 이후 환자의 질환을 더 많이 공부하고 열심히 일했다. 나는 나중에야 이것이 '사명감'이라는 걸 알았다.

점차 어떤 직업보다도 다른 차원의 일을 하고 있다는 생각을 했다. 숨을 기계에 의존하는 환자는 스스로 숨을 쉬기 시작하고, 콧줄이 아니면 밥과 물을 섭취할 수 없던 환자는 스스로 수저를 들고 밥을 먹었다. 죽을지도 모른다고 생각한 한 가정의 아버지는 조금씩 깨어나 휠체어를 타고 아내와 딸과 함께 중환자실 문밖을 나갔다. 이런 기적의 순간을 매일 본다고 생각해보라. 누군가의 인생에 큰 변화를 만들어내는 직업을 가졌다고 말이다.

언론에서 비춰지는 간호사의 모습에 화도 많이 났다. 우리 직업이 얼마나 환자를 위하는 고귀한 직업인데, 한결같이 현실과 완전히 다른 모습으로 나오는 드라마에 신물이 났다. 자꾸 간호사의 이미지를 깎아내리는 언론 때문에 '시종' 취급하는 사람들을 바꿔보려고 노력도 하고 비난도 많이 했다.

이제는 비난을 멈췄다. 다른 사람이 내 직업을 어떻게 바라보는지는 중요하지 않다. 만인으로부터 내가 '고귀한 직업'을 가졌다는 걸 인정받으려고 일하지 않기 때문이다. 환자들만 알면 그걸로 충분했다. 나의 환자들이 '아 그때 그 간호사 선생님 기억나요' 말하고 그들이 아프지 않으면 됐다.

제발 환자 생각 좀 먼저 해

심장의 막힌 관상동맥을 넓히고 스텐트를 넣는 시술을 한 50대 남자 환자가 중환자실로 옮겨졌다. 보통 이 시술을 한 환자는 하루 정도 중환자실에서 집중 관찰 후 병동으로 간다. 주로 시술이 끝나고 돌아와서 심전도를 측정하고 혈액검사를 보낸다.

그리고 시술 부위가 서혜부 쪽의 큰 혈관을 통해 진행되는 만큼, 다리를 절대 구부리지 말고 일자로 4시간 정도를 누워 있도록 설명한다. 간호사는 시술 부위에 혈종이나 출혈이 없는지 확인하고 심전도, 혈압 등을 집중 관찰한다. 워낙 중환자실이 바쁘다 보니, 혈관조영실에서 환자가 도착하면 빨리 심전도를 찍고 부랴부랴 빨리 일을 끝내야만 기다리는 다른 환자에게 갈 수 있다.

환자가 오면 우리는 심전도를 체크하기 위해 기계에 달린 전극을 환자에게 붙였고 다른 간호사는 혈액검사를 하려고 환자의 팔에 토니켓을 묶었다. 나는 혈압을 재고 있었다. 환자는 계속 소변이 마렵다고 했지만 우리는 금방 끝난다고 설명하고 계속했다.

당시 부서 책임간호사였던 선배는 환자의 말을 들었는지 손에는 소변통을 들고 내 환자에게 부랴부랴 달려왔다. 그녀는 우리가 하고 있던 모든 행동을 멈추게 하고는 이렇게 말했다.

"심전도는 소변보고 해도 되잖아. 얘들아 제발 환자 먼저!!"

중환자실은 정말 바쁘다. 화장실 갈 시간도 물 마실 시간도 없이 돌아간다. 인력은 없고 환자는 많다. 그러다 보니 우리도 모르게 환자에게 '죄송해요 잠시만요'라고 말할 때가 많다. 예전에 중환자실 간호사의 하루를 녹음해보고 들어보면 무슨 말을 제일 많이 할 것 같냐는 질문을 받은 기억이 있다. 나는 아마 '잠시만요'일 것 같다고 대답했다.

그 정도로 일할 사람은 없고 내 손에 있는 환자와 할 일은 한 명이 감당하기엔 너무 버겁다. 빨리 일을 처리하려고 새떼같이 모여든 우리는 다시 새떼들이 날아가듯 환자가 소변을 보도록 뿔뿔이 흩어졌다. 그리고 선배는 환자분에게 소변통을 잡게 하고 나왔다. 제대로 혼날 각오를 하고 선배의 부름에 후배들이 모였다.

"얘들아, 제발 환자를 먼저 생각해. 환자는 시술 내내 누워있고, 그동안 당연히 소변 한 번 못 봤을 거야. 너희는 소변 마려운데 잠시만 참아보라 하면 참을 수 있어? 소변 못 봐서 환자분이 힘 들어하는데 심전도를 찍으면 참 예쁘게도 나오겠다!"

뭐하나 불평할 핑계가 없는 너무나도 옳은 소리였다. '뼈'를 맞은 기분을 느꼈다. '아, 나는 정말 아직도 멀었구나.' 간호를 하는데 왜 '나' 중심으로 생각할까? 간호사가 왜 환자 중심이 아니라 간호 사 중심으로 일을 하려는 걸까?

내가 환자를 우선순위로 두지 못하는 이유로 그저 간호사의 열 악한 업무환경, 인력 부족, 과도한 업무량 때문이라고 불평했지만, 선배는 열악한 환경에서도 환자를 우선순위로 두는 게 가능했다. 선배와 나의 차이는 내가 정말 환자를 우선순위로 두느냐 마느냐 였다. 이를 알다가도 '빨리빨리'라고 외치는 간호업무 환경에선 자 꾸 잊어버리게 된다.

소변이 마렵다는 환자에게 너무 죄송했다. 큰 반성을 한 날이 기에 지금도 잊혀지지 않는 순간이었다. 이날 나는 큰 다짐을 했 다. 먼저 내 환자를 생각하겠다고, 한순간만이라도 내 환자를 위 해 '빨리빨리'를 멈추겠다고.

그냥, 이 환자에게 해줄 수 있는 게
무엇인지 생각하다가

선배는 한시도 쉬지 않았다. 주말에는 한가해서 앉아있을 법도
한데, 침상에 매일 누워 있어 제대로 씻지 못하는 환자들을 위해
이동식 세발기를 가지고 와 환자들의 머리를 감겨 주었다.

선배의 모든 생각은 오로지 '환자'에게 가 있던 모양이다. 본인
이 할 일이 넘쳐나고 심지어 책임간호사를 하면서 환자 4명을 보
는데도, 환자가 아프다며 끙끙 앓는 소리를 듣는 순간 바로 달려
갔다.

"할머니, 많이 아파요? 의사선생님께 할머니 안 아프게 해달라고
말씀드려볼게요."

처방이 없으면 주치의에게 바로 전화를 해서 진통제 처방을 먼저 받던 선배였다. 출근과 함께 환자들에게 먼저 인사를 하고, 퇴근할 때도 인사를 하고 갔다. 후배 간호사들을 기다릴 때는 할머니, 할아버지들과 말동무도 해주고 장난도 쳤다. 다음날 퇴원하는 환자들에게 다시는 중환자실에서 보지 말자며 작별 인사를 하는 선배였다.

그러던 어느 날, 선배로부터 환자를 인계를 받았다. 급성기는 다 지났지만 보호자도 없고 갈 시설도 없어 중환자실에서 100일 넘게 있는 환자였다. 사실 중환자실에서는 그 환자에게 크게 해줄 일이 없었다. 활력징후가 한 번도 안 흔들리는 환자였고, 처방도 외울 수 있을 정도로 늘 똑같았다.

인계를 하는 동안, 선배는 환자가 이전에 복용하던 약들을 쭉 훑어보았다고 한다. 그리고 한 가지 약이 환자에게 필요한데 수술이 끝나고 안 들어가고 있다는 걸 확인했고, 새로 약을 처방받아 오늘 약물 투여를 시작했다고 했다. 100일 동안 아무도 찾아보려 하지 않았냐는 비난을 하진 않았다. 한국의 의료환경은 몇 년이 지나도 개선이 되지 않고, 간호사들의 손에는 늘 응급도와 중증도가 높은 5-6명이 할당된다.

환자들의 손을 잡고 근무하는 동안 어느 누구도 우리의 손에서 빠지지 않게 꼭 붙잡고 있으려면 급한 사람, 죽기 직전의 환자가 먼저다. 그러니 100일 동안 활력징후 변화 하나 없는 그 환자는 다른 환자들에 비해 간호사의 돌봄 시간을 덜 받을 수밖에 없었다.

나 또한 마찬가지였다. 이전에 이 환자를 보았지만 100일 동안 앉아서 환자를 리뷰하기보다는 다른 환자에 더 신경을 썼다. 그런데 사실 이 모든 건 핑계였다. 선배와 나의 차이는 명백했다.

그녀는 잠깐이라도 시간을 내어 환자가 무엇을 복용했는지, 현재도 같은 약을 복용 중인지 확인했지만, 나는 클릭 한 번 해보지 않았다. 그녀가 뱉는 첫 마디에, 선배는 환자에 대해 감히 범접할 수 없는 수준의 감정을 가지고 있음을 깨달았다.

"그냥 … 내가 이 환자에게 무엇을 더 해줄 수 있을지 생각해보다

가 …."

선배는 이렇게 말했을 뿐이다. 이미 급성기 치료는 끝나고 다른 병원으로의 전원만을 기다리는 상태에서 '더 이상 해줄 것이 없다'라고 결론을 내린 나와 무엇을 더 해줄 지 고민하는 그녀의 태도에서, 나 자신이 너무나도 부끄러웠고 이 선배를 이곳에서 만난 것이 인생에 얼마나 큰 행운인지를 다시 한 번 깨달았다.

또한 그녀는 장기입원환자들에 대한 나의 태도를 완전히 바뀌게 해주었다. 그녀는 '걸크러쉬'라는 단어로는 설명이 안 되는 직업윤리와 인류애를 갖춘 진정한 간호사였다. 나는 그녀의 발뒤꿈

치조차 못 따라간다는 생각이 들었다.

해외에 나와있는 지금도, 장기입원환자들을 볼 때는 다시 이 날의 선배의 모습을 떠올린다. 이제는 같이 일을 하지는 않지만, 내가 결정을 내려야 하는 모든 상황에서 '지금 선배라면 어떻게 했을까'라고 스스로에게 묻고 한 번 더 생각한다.

"내가 이 환자에게 더 해줄 수 있는 게 무엇일까?"

관두고 싶어요

처음으로 중환자실에 출근하는 날이었다.

이전 병원에서 같이 일한 수 선생님이 권위적이고 엄한 사람이었기에, 나는 모든 수 선생님이 엄격할 줄 알았다. 최대한 잔머리 하나 안 내려오도록 머리를 묶고, 격식을 갖춘 복장을 입고, 유니폼을 받기 위해 중환자실로 들어갔다.

중환자실은 엄청 바빠 보였다. 나는 간호사 선생님에게 '저… 수 선생님 만나 뵈러 왔는데요'라 했다. 그러자 그 간호사는 '수 선생님!!!'이라며 저 멀리 계시는 수간호사를 크게 불렀다.

적지 않은 충격이었다. 이전 병원이라면 상상도 못할 행동이었다. 감히 '수님'을 크게 소리를 내어 부르다니!! 그러자 평간호사와 똑같은 유니폼을 입은 수 선생님이 인자한 미소를 지으며 내게 다가왔다. '안녕~ 왔어?' 하며 나에게 잠깐 기다리라고 했다.

수간호사는 다시 비닐가운을 입고 비닐장갑을 끼고는 환자의 체위변경을 계속했다. 머릿속에 혼돈이 왔다. 처음에는 '수 선생님이 아닌가' 하고 생각했다.

내가 아는 수 선생님은 정장 유니폼을 입고, 늘 사무실에 있으며, 감히 크게 소리 지르며 부를 수 없는 우리가 '수님'이라고 부르는 간호계의 신적 존재였다. 그런데 이직한 병원의 수 선생님은 평간호사들과 같은 유니폼을 입은 채, 비닐가운을 입고 손에는 비닐장갑을 낀 채 환자의 대변을 치우는 중이었다.

내가 처음으로 이직한 병원은 2차 중증종합병원으로, 간호인력은 턱없이 부족한데다 환자 중증도가 심각한 병원이었다. 팀을 이끌고 모든 환자를 체크하며 평간호사를 도와줘야 하는 책임간호사마저 환자를 돌봐야 할 정도였다. 이런 상황이다 보니, 수 선생님은 방안에 있기보다는 밖으로 나와 간호사를 돕겠다는 선택을 하신 모양이었다.

나는 당시에 2차 병원을 다닌다는 자체만으로도 마치 내 인생에 큰 실패라고 생각했다. 당시만 해도 간호사가 어떤 '병원'을 가는지가 성공의 잣대였던 시대였다. 게다가 처음 병원에 왔을 때 주변이 논밭인데다 병원 건물도 이전에 일했던 병원과는 다르게 많이 낡고 간판도 시골 병원에서나 볼 수 있는 간판이었다. 나는 정말 인생을 망쳤다고 생각하면서 신분이 저하되는 느낌이었다.

무엇보다도 2차 병원이라고 하면 간호사가 부족하고 업무 강도가 높기에, 수 선생님까지 팔 걷고 돕는 중환자실을 보는 순간 '아, 그냥 여기서 도망칠까'라는 마음이 들었다.

그런 생각이 든 것도 잠시, 수 선생님이 환하게 웃으시며 나에게 다가왔다. 밥은 먹었냐, 너무 말라서 어떡하냐며 엄마처럼 친근하게 대했다. '세상에 이런 수간호사가 존재하는구나…'라는 생각과 함께 병원을 도망치려 했던 생각이 서서히 사라졌다.

중환자실을 3개월째 다니던 무렵 사직 욕구가 솟아올랐다. 선배들이 너무 무섭고, 일도 어렵고, 전날 실수까지 한 상태라 더 이상은 견딜 수가 없었다. 그래도 어찌어찌 병원까지 도착했고, 중환자실로 가는 엘리베이터 앞에서 서성거리다가 이내 올라가는 엘리베이터의 버튼을 누르지 못하고 화장실로 들어갔다.

혹시라도 누가 우는 모습을 볼까 봐 창피했던 나는 울음이 터지기 직전에 숨을 곳을 찾았고, 출근 10분 전에 화장실 제일 끝 칸으로 들어가 문을 잠그고 그저 울어댔다. 도대체 왜 이토록 힘든 일을 계속해야 하는 걸까, 왜 선배들은 기다려주지 않고 다그치기만 하는 걸까, 왜 이 일은 해도해도 어려울까, 왜 환자는 자꾸 내가 일할 때 안 좋아지는 걸까 고민하며 머리를 쥐어짰다.

내 인생은 왜 이럴까 자책하면서 화장실 바닥에 웅크려 앉아 나는 울고 있었고, 이미 출근시간이 훌쩍 넘은 상태였지만 아직 중환자실로 들어가지 않고 있었다. 고민 끝에 나는 저녁 여덟 시

이십 분에 나이트 출근을 안 한 채, 화장실 맨 끝 칸 바닥에 앉아 우는 목소리로 수 선생님에게 전화를 걸어 말했다.

"수 선생님 저 출근 안 할 거예요."

수 선생님은 걱정 어린 목소리로 물어보았다.

"혜진아, 어디 아픈 거니?"

나는 대답했다.

"아니요… 저 관두려구요… 저 여기서 일 안 할 거예요."

지금 생각해도 수 선생님이 얼마나 당황했을까 싶다. 저녁 여덟 시 이십 분에 신규 간호사가 전화를 해서 출근을 갑자기 안 한다고 말하다니! 내가 수 선생님이었다면 엄청 화가 났을 거다. 다 큰 어른이 사회에서 이게 무슨 태도지 하면서.

사실 이때만 해도 신규 간호사가 잠수를 타고 안 나오거나 갑자기 결근하고 전화로 사직을 통보하는 일이 많았다. 나 또한 그들 중 한 명이었다. 그러나 나 같은 신규 간호사를 여러 번 다뤄 보신 듯 수 선생님은 나에게, 다들 처음에는 그렇다며 자기가 중환자실 선배들에게 잘 말해 놓을 테니 아무 일 없는 것처럼 어서 들어가라고 했다.

그러고는 도대체 지금 어디 있냐고 묻는 질문에 나는 대답했다.

"화…… 화장실이요."

수 선생님은 갑자기 크게 웃으시면서 말씀하셨다.

"혜진아, 관둘 수 있지. 그래도 이런 식으로 관두면 안 돼. 네가
뭘 걱정하고 힘들어하는지 알아. 내가 나이트 번 간호사들에게
잘 말해 놓을 테니 화장실에서 나와서 어서 출근해. 괜찮아."

수 선생님과 통화를 마치고 나는 수 선생님에게 마지막 예의를
차리기 위해서라도 오늘 나이트 근무는 하고 관두자는 결심을 했
다. 그리고 나는 퉁퉁 부은 눈과 빨개진 코를 보이면서 '늦어서 죄
송합니다'라고 말하며 중환자실 자동문으로 들어갔다. 나를 본 선
배들은 이미 다 사정을 알고 있었지만 아무 말도 하지 않았다.

수 선생님이 뭐라고 말씀하셨는지는 모르겠지만 이 날은 선배
들이 뭔가 달랐다. '그래 너도 얼마나 힘들겠니'라고 말하는 눈빛
을 느꼈다. 나는 여느 날과 다르지 않은 나이트 근무를 마쳤고, 그
때부터 수 선생님에게 뭐라고 말할지 고민했다.

크게 혼날 거란 예상과는 달리 수 선생님은 나를 따로 부르지 않았다. 그저 내가 퇴근하려고 하자 '혜진아, 오늘 출근할 거지? 내일 아침에 보자. 고생했어'라고만 했다. 사실 나는 진짜 그만두겠다는 생각을 하진 않았다. 단지 너무 힘들었다. 정말로 병원을 나가고 싶어하는 마음보다는 '너무 힘들어서'라는 감정이 더 컸다.

새내기의 마음까지 이해하면서 밤중에 갑자기 안 나오겠다며 우는 20대 사회 초년생에게 아무 질책 없이 '그래 힘들었구나, 괜찮아' 다독이고 다음날에도, 그 다음날에도 별말 없는 상사가 세상에 얼마나 될까?

이곳의 수간호사는 '수님'보다는 '수 천사'였다. 만약 수 선생님이 권위적이고 엄격한 사람이었다면 아마 나도 전원을 끄고 잠적했을지도 모른다. 그때라면 충분히 가능했다.

신규 간호사의 마음이 어떨지 알고 보듬어주는 수 선생님을 만나 다행이었다. 이 에피소드는 이젠 수 선생님이 가끔 장난을 치실 때 이야기를 꺼낼 정도로 별것 아닌 일이 되었지만, 지금의 나에게는 간호사라는 일을 멈추지 않고 이어가게 해준 기념할만한 사건이었다.

수 선생님을 만나지 않았다면 아마도 난 지금 다른 일을 하고 있지 않을까? 적어도 환자를 돌보는 일은 하지 않았을 것이다. 아랍에미리트로 오기 전에 일한 병원에서 나는 좋은 수 선생님과 인생 선배를 만났고 정말 많은 걸 배웠다. 돌이켜보면, 인생은 누구를 만났느냐로 이뤄지는 것 같다. 인간 대 인간의 드라마가 이뤄지는 곳, 3년 동안 일한 중환자실에서 나는 가장 가파른 성장을 했다.

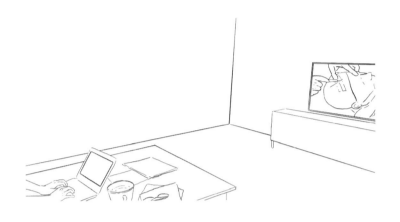

Chapter 4.

그들이 무시하지 못할 만큼 잘 하라

절대 무시당하지 않을 거야!

나는 매일, 그날 본 환자들을 공부한다. 일이 끝나면 인계 서류를 집으로 가지고 와서 당일 본 환자의 질환, 치료를 공부하고 잔다. 나는 이를 '환자 공부'라 부르는데, 기억이 가장 생생한 '퇴근 후'가 환자 공부에 가장 적합한 시간이다. 내가 이토록 열심히 '환자 공부'를 하게 된 이유는, 바로 '무시를 안 받으려는' 마음에서였다.

한국 병원에서 일할 때를 돌이켜보면 그리 좋지 않은 기억이 사실 더 많다. 해외에 나와 일한 한국 병원마저도 온갖 천대와 무시, 윽박지름이 난무한 업무 환경이었다. 팀워크는 병원 홍보 동영상에나 쓰이며, 영상 속의 우리나라 의사와 간호사 장면은 현실과 너무 달랐다. 모든 의사가 그런 것은 아니지만, 매너는 찾아보기 힘들었고 각종 언어폭력, 멸시 게다가 성희롱까지 아주 다양했다.

간호사의 전화를 중간에 끊어 버리고, 소리를 지르거나 대놓고 무시를 할 때도 있었다. 이러한 행동은 그들이 우리보다 신분이 월등히 높다고 여기기 때문 아닐까? 이런 갈등이 의사와 간호사 사이에만 일어나는 일이라면 그나마 다행이다. 문제는 같은 간호사끼리도 그럴 때가 많다. 간호사 사이에도 남을 무시하고, 폭언을 일삼는다. 그리고 나는 계속 '바보' 취급을 당하면서 굉장한 모욕감을 느꼈다.

나를 멸시하는 사람에게 그렇다고 '아니 지금 환자가 안 좋고 처방이 필요하니까 말씀드리는 거 아닙니까'라고 하기에는 내 역량이 부족했다.

우선 역량을 키워야 했다. 그들보다 더 많이 알기 위해서가 아니라 적어도 내가 무슨 생각과 지식을 가지고 간호 수행을 했는지, 그 결과 환자를 낫게 할 당당한 요구를 할 수준이 되는 것이 목표였다. 그러면 다음에 또 의사가 나에게 '알지도 못하면 가만히 있으라'고 말할 때, 반드시 반박할 수 있으리라 여겼다.

당신이 생각하는 나는 그 정도로 무지한 사람이 아님을 보이겠다고 스스로 다짐하며 그날그날 본 환자들을 출근부터 퇴근할 때까지 돌아보고 내가 모르는 것을 공부했다. 나는 환자를 낫게 하기 위해 목소리를 내야 하는 사람 앞에서 목소리가 작아지고 말문이 막힌 채 욕을 듣고만 있지 않겠다고 굳게 다짐했다.

'공부'는 정직했다. 공부한 만큼 환자가 보였고, 아는 만큼 그들과 의사소통이 가능했다. 그리고 가진 것도 없이 소리만 내는 깡통이 아니라는 사실을 나를 멸시한 사람에게 하나씩 보여줬다.

선배들의 질문에도 주저 없이 대답했다. 선배들도 내가 어느 정도 중환자실 간호사로서 지식을 가지고 있는지를 알게 된 순간부터 더 이상 질문하지도 테스트하지도 여러 사람들 앞에서 망신을 주지도 않았다.

인간이 자신보다 지식이 뛰어난 사람, 자신이 모르는 것에 대해 더 잘 아는 사람 앞에서 얼마나 작아지고 초라해지는지를 나는 중환자실 간호사로서 7년의 시간 동안 뼈저리게 느꼈다.

나는 무능력해지는 감정을 또다시 느끼기 싫었다. 무시를 당하는 순간에는 당장은 화가 나지만, '오늘도 공부할 거리가 하나 제대로 생겼군' 하면서 마음을 다시 잡았다. 그래서 다음에는, 다음에 이런 일이 벌어질 때는, 나도 똑소리나고 당당하게 말하겠다고 다짐했다.

해외에 나온 지금은 오히려 더 공부에 시간을 투자해야 했다. 모든 걸 영어로 의사소통해야 하기 때문에 질환과 치료에 대한 한국어 지식은 소용없었다. 배운 지식을 영어로 말하기 위해서 영어원서를 사서 읽고, 영어논문에서 정보를 찾았다. 궁금한 게 있어도 절대로 한국책에서 정보를 찾지 않았다. 무조건 영어자료를 찾아 알아냈다. 그래야 영어로 검색하는 방법을 배울 수 있기 때문이다.

현재 일하는 곳에서는 의사가 간호사보다 높은 신분이라고 여기거나 서열화하지 않는다. 의사에게 전화하기 위해 눈치를 보거나 의사와 환자에 대해 이야기하려는 전화를 '죄송하다'고 말하지 않아도 된다. 그들을 '의사선생님', '과장님', '교수님'이라고 부르지 않는다. 오로지 이름만 부를 뿐이다. 교수급 의사에게도 아무렇지 않게 전화를 건다. 단, 그만큼 나도 준비가 되어 있어야 한다.

한국에 있었을 때처럼, 전화기를 두 손으로 붙잡으며 '내가 지금 당신에게 전화를 해서 얼마나 죄송한지'에 대해 미안함을 최대한 많이 표현하고, 마치 그들이 '그래, 불쌍하니까 들어줄 테니 어디 한번 이야기해보라'는 답변을 들으려고 노력할 필요가 없다.

내가 환자에 대해 의사만큼 알고 있고 전화의 의도가 환자의 문제를 해결하기 위해서라는 사실을 명확히 인지했다면, 당당하게 의사에게 전화를 걸어 말한다. '죄송한데'가 아니라 의사의 이름을 부르며 '나는 환자 누구에 대해 이야기하려 한다'고 말한다.

지금 걱정스러운 문제는 이것이고, 근거는 무엇이며, 이를 해결하기 위해 독자적 간호로 이러한 것들을 수행했는데 해결이 안 된다고 말한다. '나는 어떤 근거로 이 환자가 걱정되고, 나는 당신에게 처방을 문의한다'고 똑바로 이야기한다. 애교를 섞을 이유도 기분을 맞춰줄 이유도 없다. 그리고 이런 것을 말하기 위해 필요한 것은 딱 하나, '내가 얼마나 아느냐'이다. 환자의 문제를 똑 부러지게 말하기 위해 나는 피나게 공부했고, 논리정연하게 말하는 방식을 연습했다.

공부는 기본 '해부생리학'부터 파기 시작했다. 정상 해부생리학을 알면 우리 몸이 '비정상'인 상태를 알기 쉽다. 이걸 '환자가 앓는 질환'이라고 생각한다면 정상인 환자의 몸이 왜 병적 상태가 됐는지 '원인'을 이해하는 데 큰 도움이 된다. 이러한 공부를 하면서 나는 내 환자가 왜 아팠고, 무슨 질병이 내 환자를 어떻게 괴롭혔는지 알았다. 다시 말해 환자가 느끼는 고통은 무엇이며 병원 침대에 누워있는 그들을 낫게 해줄 '방법'을 공부했다.

그래도 여전히 문제는 영어였다. 아는 지식도 한국말로 하라면 술술 나오겠지만, 영어는 '술술 오래 말하면' 오히려 요점이 흐려진다. 최대한 요점만 간단하게 말해야 했기에 알맞은 단어 선택과 간결하지만 강하게 표현할 문장구조를 연습해야 했다. 한참 나중에야 나는 환자의 질환에 대해 충분히 알고, 그것을 논리정연하게 설명하는 사람은 의료계에서 무시당하지 않는다는 걸 비로소 깨달았다.

아무리 다루기 힘든 의사도 환자의 어떤 문제가 왜 걱정되는지를 명확하게 먼저 설명하면 내 말에 좀 더 집중을 했다. 그들 또한 내가 왜 걱정하는지 같이 고민했다. 지나가다 한 번도 인사를 안 하던 의사도 내가 말하는 노티를 귀 기울여 들어주고, 내가 제안하는 방안을 진지하게 들었다.

이런 모든 과정에서 필요한 것은 바로 '공부'였다. 사람들이 내 말을 듣도록 하는 데는 오직 한 가지만 필요했다. 바로 '지식'이었다. 이러한 사실을 깨닫고, 의학 공부와 간호 지식을 계속 늘려 갔다.

오늘 누가 나를 무시했다고 해서 가만히 있는 사람은 자신이 상당히 인자한 마음을 가지고 있거나 '이해력이 풍부하니까'라고 생각하겠지만, 어쩌면 그 사람보다 내가 많이 아는 게 없어서 입을 닫았을지도 모른다.

여기서 딱 한 번만 생각을 바꿔 '다시는 이런 기분을 느끼지 않겠다'고 마음을 먹고 지식 수준을 올린다면, 우리는 환자의 문제를 더 빨리 찾고 해결하기 위해 사람들에게 보다 강력하게 말할 수 있을 것이다.

기술은 적절하게 활용된 지식이다

간호기술은 정말 흥미롭다. 간호사는 사람들의 생각 이상으로 상당한 양의 공부를 필요로 한다. 의사 옆에서 처방만 받아서 처리하면 되지 무슨 공부냐고 반박하는 사람도 있겠지만, 환자 옆에 항상 있는 간호사야말로 환자의 문제를 잘 이해해야 할 사람이다.

우리 인체의 구조, 생리에 대한 이해, 그리고 어떤 장기의 기능이 제대로 작동하지 않을 때 나타나는 질환, 그로 인해 환자가 호소하는 증상들, 환자에게 약을 투약해도 괜찮은지 파악하기 위한 약물학, 환자의 주변에 둘러싸인 온갖 현대의학기술과 관련된 지식 등 알아야 할 내용이 한두 가지가 아니다.

간호사가 되고 처음 일을 시작할 때, 선배로부터 '왜 하는지 알아?'라는 질문을 가장 많이 받았다. 그렇다. 우리가 수행하는 모든

'간호'에는 이를 뒷받침하는 '근거'가 있다. 그리고 이 근거를 알고 간호를 하게 되면, 환자 상태가 바뀔 때마다 좀 더 유연하게 대처할 수 있다.

나는 환자 공부를 통해서, 아는 만큼 환자의 문제가 보이며, 환자는 내게 자신의 문제를 보여주지만 내가 그것이 '문제'라고 인지하지 못하면 해결해주지 못한다는 사실을 깨달았다. 그리고 간호사야말로 환자와 하루 종일 있기에 그들의 문제를 인지하는 최초의 사람이다. 나는 오랫동안 이들의 '문제'를 어떻게 빨리 인식하는지 배워왔다.

환자의 맥박이 빨라지더니 숨을 가쁘게 쉬면 간호사는 난데없는 맥박 상승의 원인으로 '체온 상승'을 의심한다. 그러고는 체온계를 들어 체온을 측정한다. 체온계는 '38.5도'라는 숫자를 보여준다.

고열을 확인한 간호사는 여러 가지 혈액검사 수치를 관찰한다. '염증'이 의심된 간호사는 최근 혈액 균배양검사 결과들과 엑스레이를 들여다본다. 확인해보니 1주일 전에 엑스레이를 촬영한 후 한 번도 하지 않았다. 간호사는 '감염 원인'이 무엇인지 궁금해한다.

그 다음으로 환자 곁에 놓인 여러 현대의학 기계들을 확인한다. 이 장치들은 환자들에게 이롭지만 한편으로는 하나의 침습적 장치이기에 균이 몸으로 들어갈 '감염 통로'로 매우 적합하다.

현대의학이 만든 장치 중 환자가 숨을 쉴 수 있도록 목구멍에 넣는 플라스틱 튜브에서 나오는 가래가 간호사의 눈에 포착된다. '누렇고 초록색 가래를 보이는 것'이 '폐렴'이 아닐까 걱정된다.

간호사는 주치의에게 전화를 걸어 지식을 이용해 환자를 사정한 내용을 알린다. 어떤 균인지 알기 위해 여러 균배양검사를 다시 보내고 해열제를 투여한다. 해열제를 주고도 열이 가라앉지 않으면 차가운 물로 환자를 목욕시키는 독자적 간호를 수행한다.

간호사는 환자의 폐가 궁금하다. 의사에게 엑스레이를 찍자고 권유한다. 일주일 전과 현재 엑스레이가 확연히 달라졌음을 확인한다. 군데군데 하얗게 변한 엑스레이를 보니 '폐렴'인 모양이다. 머릿속에 있던 '폐렴의 치료'라는 카테고리의 폴더를 열어 치료법을 떠올린다.

치료법을 하나씩 체크해본다. 균배양검사를 나가고 보니 환자가 항생제를 투여받지 않고 있다. 주치의에게 항생제 처방을 묻고 투여한다. 간호사는 다음으로 무엇을 할지 생각한다. 환자 입안의 상주균을 없애기 위해 구강케어를 하고 가래가 넘치면 뽑는다.

이렇게 간호기술에는 다양한 지식이 실제로 활용된다. 나는 이것을 매일 체험하고 있다. 내가 책으로 공부한 어떤 질환의 증상은 환자가 호소하는 증상과 같다. 내가 아는 치료가 환자에게 적용된다. 나의 독자적 간호행위가 환자의 증상을 완화시킨다. 얼마나 더 공부를 해야 하는지를 나는 한 환자를 통해 깨달았다.

'딸기'를 말하지 못하는 환자

"Do you want to eat something for dinner?"

"Uhm … star … straw … I don't know what I tried to say, you know the fruit …"

어느 날, 말을 잘하던 환자가 무엇이 먹고 싶냐는 질문에 '딸기'라는 대답을 못한다. 딸기라는 단어와 비슷한 말을 하려고 계속 시도하지만 생각이 안 난다며 말을 못한다. 그냥 그럴 수도 있다. 사실 나도 가끔 사람 이름을 까먹는데 환자분이야 오죽할까 생각한다면 이 환자의 문제는 그냥 넘어간다.

그런데 여기서 환자의 상태를 잘 알고 있고, 환자가 뇌 관련 질환이라면 이런 생각은 버려야 한다. '이상함'을 감지해야 한다. 혹시 실어증은 아닌지 바로 생각해 볼 수 있어야 한다.

환자가 '딸기'라는 단어를 말하지 못하자 나는 더 궁금해진다. 그녀가 혹시 다른 단어도 말하지 못한다면?

나는 그녀에게 물병을 보여준다. 이것이 무엇이냐고 물어보니 환자는 대답을 못한다. 다른 물건도 보여주면서 계속 물건 이름을 말해보라고 하지만 환자는 머뭇거린다. 말이 하고 싶은데 안 나오는 '표현성 실어증(Expressive aphasia)' 증상일지도 모른다는 생각이 든다.

나는 얼른 환자의 최근 뇌영상을 펼쳐 경색 위치를 재확인한다. 뇌의 여러 부위 중 '말'을 담당하는 부위와 가까운 부분이었다. 새로운 뇌경색이 진행되었을 가능성을 지각하고 환자의 모든 기록을 확인한다. 내가 알고 있던 지식과 환자의 증상을 통합해 '합리적 의심'을 해본다.

내 의심이 선명해지는 순간, 이 환자의 뇌에 무슨 일이 일어나고 있음을 직감한다. 그러나 뇌는 나를 기다려주지 않는다. 심장이나 콩팥과 달리, 뇌는 혈액 공급이 5분이라도 중단되면 조직이 파괴된다.

의사에게 바로 전화를 건다. 당장 뇌에 혈류를 줄 수 있도록 조치를 하고 뇌 컴퓨터 영상을 찍는다. 환자 뇌 왼쪽 옆에 또 다른 경색 의심부위가 생겼던 것이다.

뇌는 이렇게 어디가 아프면 아프다고 다른 기관처럼 '부어오르거나' '피를 철철 흘리는 방식'으로 나타나지 않는다. 환자의 어떤 기능 하나를 잠시 조용히 멈출 뿐이다. 그걸 알아차리는 일이 의료진의 일이다. 주치의는 최대한 빨리 문제가 생긴 좁혀진 혈관을 넓히는 시술을 하고 환자는 혈관조영실에서 나온다.

나는 이 환자가 말할 기회를 놓지 않기를 바란다. 제발, 이제 3살과 6살이 된 두 아이의 엄마인 이 환자가 아이들에게 말을 가르쳐줄 행복을 누릴 수 있기를 바란다. 부디 뇌 손상이 많이 진행되지 않은 상태에서 우리 의료진이 조치를 빨리 취했기를 바라며 그녀가 깨어나기를 기다린다. 잠시 후 환자가 깨어난다. 나는 다시 그녀에게 묻는다. 떨리는 마음으로 물병과 딸기 그림이 있는 단어 카드를 보여준다.

"Do you know what is this? Can you tell me what is this?"
"Water bottle, and Strawberry"

그녀는 다행히 나에게 '물병'과 '딸기'라고 대답한다. 나는 기뻐서 어쩔 줄 모른다. 그녀의 남편도 옆에서 환호를 지른다. 눈물이 당장이라도 날 것만 같고, 실제로 내 눈에는 눈물이 고인다. 슬퍼서 우는 게 아니다. 너무 기뻐서 나는 눈물이다. 시술 내내 정말 이 환자가 다시 말을 하길 바랬던 마음이었는데 실제로 말하는 모습을 보니 마치 꿈이 현실이 된 것처럼 큰 감동이 밀려와 흘리는 눈물이다.

이처럼 간호 지식은 충분히 '기술'로 쓰이고 있다. 배운 만큼, 공부한 만큼 바로 내 눈앞에서 고통받는 환자의 문제들이 보인다. 간호사는 정말로 '아는 만큼 보인다'가 피부로 느껴지는 직업이다.

배움이 기술로 전환되는 순간, 지식 습득의 큰 즐거움을 느낄 수 있다. 더 나아가 환자가 호전되는 결과로 이어졌다면 배움을 더욱 멈출 수 없다. 한 사람의 인생에서 죽을 뻔한 몇몇 고비를 빨리 발견하고 해결할 수 있는 지식을 공부하고 그것을 기술로 활용하

는 있는 직업을 가졌음을 나는 축복으로 생각한다. 그리고 나는
다짐한다.

절대로 공부를 놓지 않겠다고.
'간호사'라는 직업을 가진 이상 절대로 지식의 끈을 놓지 않겠다
고.

Yes, I don't know!

아부다비 병원에 처음 입사했을 때였다. 병원에서는 '신규 간호사'였지만 7년이라는 경력을 가진 나에게 교육간호사는 기본적인 간호까지 다 알려주진 않았다. '이런 건 기본적으로 알지?'라는 질문에 나는 '에이~ 당연히 이런 건 기본이지'라고 대답했다. 교육간호사는 내가 여기서 처음 접하는 부분만 알려주었다.

마침내 나는 오리엔테이션을 마치고 현장에 투입됐다. 오리엔테이션을 마치고 내게 배정된 환자에게는 항생제 치료 부작용으로 계속 물처럼 대변을 보는 문제가 있었다. 나는 설사 때문에 엉덩이가 다 헐었다는 간호사의 인계사항을 참조해 상처치료팀에 환자를 의뢰하고 기다렸다.

상처팀에서 온 간호사는 같이 환자의 피부 상태를 보자고 하였고, 아니나 다를까 환자는 또 설사를 했다. 상처를 닦으려고 물티슈 하나를 꺼내자 상처 간호사가 내 손을 저지했다.

"혜진, 네가 집은 물티슈는 실금 상처에 쓰는 게 아니야."

"아…."

"이 물티슈가 왜 다른 지 알아? 오리엔테이션 중에 상처 관리 교육 받았잖아."

"…."

이상했다. 나는 그동안 '모른다'고 말하기보다 늘 '침묵'해왔다. 모른다고 말하는 게 엄청 창피하고, 게다가 나에게 진지하게 교육에 참여하지 않았다고 핀잔을 줄까 봐 걱정했었다. '잘 아는' 모습이 훨씬 더 멋있다고 생각한 나는 계속 '잘 아는 사람'으로 남고 싶었다.

나는 상처 간호사에게 대답했다.

"음… 이게 조금 더 거친 표면을 가지고 있어."

엉터리 대답이었다. 속으로는 '고작 물티슈 하나 가지고 왜 이토록 예민하게 구는 걸까' 생각하면서. 도대체 무슨 차이가 있는지 '모른다'고 말하고 싶지 않아서 내가 집은 물티슈가 좀 더 거칠다고 대답했다.

"그게 아니야, 안에 뭐가 들었는지 알아?"

점점 세부적으로 질문하는 그녀는 나를 테스트하는 모양이었다. 오늘 나의 첫 독립을 망치고 싶지 않았다. 이 물티슈 안에 뭐가 들었는지 한 번이라도 궁금해본 적이 없었던 나는 그녀의 질문이 끝나기만 바랐다. 그냥 모른다고 말하면 넘어갈 일이지만, 이상하게도 '모른다'라는 말은 상당히 불편하고 입 밖에 내기가 힘들었다.

나는 상처 간호사에게 대답했다.

"음 …. 린스가 조금 더 들어가 있나?"

그러자 그녀가 대답했다.

"Oh, come on!"

나는 그녀와 스무 고개라도 할 생각이었는지 모든 질문에 추측성 대답을 했고, 처음에 매우 상냥했던 그녀는 점점 답답함을 호소하더니 마침내 큰소리를 냈다.

"Just say I don't know my friend, so I can teach you!"
제발 그냥 모르면 모른다고 해! 그래야 알려주지!

나는 기어가는 목소리로 대답했다.

"Yes! I don't know ….”

상처 간호사는 마침내 진정하더니 'Thank you, darling'이라 말하며 모른다고 말해줘서 고맙다고 했다. 그리고 이어서 환자의 피부에 적용되는 여러 제품의 차이점을 설명해줬다.

내가 집어올린 물티슈에는 클로르헥시딘이라는 강한 성분이 들어있어 주로 수술 전에 환자 몸을 소독할 때 쓰이는 것이었다. 환자의 다 헐어버린 엉덩이에 사용할 경우 환자가 많이 따가워할 물티슈였다. 만약 이 사실을 모르는 상태에서 무작정 소독약이 가득한 물티슈로 상처를 닦았다면 환자는 엄청 아파했을 것이다.

이어서 상처 간호사는 상처를 관리하는 방법을 하나씩 자세하게 설명해줬고, 내가 알고 있던 잦은 실금으로 인한 상처 관리는 극히 일부임을 깨달았다. 그녀의 설명 덕분에, 나는 상처 관리를 어떻게 하는지, 상처에 어떤 제품을 골라야 하는지, 상처를 어떻게 구분하는지 더 많이 배웠고, 앞으로 환자를 볼 때 상처 치료에 더 관심을 가지게 되었다.

왜 그토록 나는 모른다고 말하는 걸 두려워하고, 무언가를 알지 못하는 자신을 '나약하다'고 생각했을까? 오히려 '아는 척'에서 벗어났을 때 더 많은 걸 배울 수 있고 그리 민망하지도 않은데.

연차가 올라도 모르는 건 있다

이 현상은 연차가 오르면서 더 심각해졌다. 연차가 오르면 주변 동료와 관리자는 당연히 내가 '모든 것을 알고 있다'고 생각한다.

5년 차가 넘는 간호사가 질문에 대답을 못하거나 '모른다'고 말하면 주변 사람들의 반응은 대부분 '5년 차가 뭐 이것도 몰라' 하거나 '저 선생님 생각보다 모든 걸 다 알고 있지 않네'라고 말하는 모습을 보아왔다.

그러나 연차가 올라도 모르는 건 많았다. 그럴 때마다 '모른다'라는 말을 못 하고 화장실에 가는 척하고 급하게 인터넷 검색을 했던 적도 꽤 많다. 나는 환자 상처를 소독하고 시무룩해진 상태로 자리에 앉았다.

머릿속에서 상처 간호사가 나를 '바보'로 알면 어쩌나, 상처 교육을 제대로 듣지 않았다고 교육간호사한테 말하면 어쩌나 걱정하고 있었는데, 내가 가장 좋아하는 필리핀 친구인 토레스가 옆에 앉았다.

토레스는 평소 내 이야기를 잘 들어주고, 병원이 처음 설립했을 때부터 같이 시작한 멤버 중 하나였다. 그는 간호 경력도 나보다 훨씬 많은 15년 차 경력의 간호사이다.

토레스는 나에게 무슨 일이 있냐고 물었고, 나는 방금 전 환자 방 안에서 상처 간호사와 있었던 일을 말했더니 그는 이렇게 대답했다.

"모르는 게 어때, 우리 모두는 모르는 것으로부터 시작하잖아."

'아는 것'보다 '모르는 것'이 더 많은 세상에서 왜 모른다고 하는 게 두렵냐고 말하면서 토레스는 덧붙였다.

"다 알면 얼마나 지루하겠니."

대화 중에 갑자기 흉부외과 중환자실에 자리가 없다며, 가슴을 열어 막힌 심장의 혈관에 새로운 혈관을 이식하고 온 환자를 받아야 한다는 전화를 받았다.

당시에는 코로나로 환자가 넘쳐났던 터라 우리 파트가 아니어도 환자를 받아야 했다. 흉부외과 간호사 한 명을 추가로 불러오는 중이니 신경외과 중환자실인 우리 유닛에서 잠시 받아주면, 우리 쪽으로 간호사를 보내겠다고 했다. 그리고 토레스가 우리 중 제일 연차가 높고 팀리더이자 경험이 가장 많아 토레스가 이 환자를 보기로 했다.

　토레스가 받은 환자는 불안정했다. 우리에게 익숙하지 않은 기계도 여러 개 달고 왔다. 머리, 뇌에 주로 집중하는 신경외과 환자와는 달리, 흉부외과 환자는 더 복잡하고 가슴팍에 여러 가지 배액관이 꽂혀 있었다. 아무리 토레스가 경험이 많다고 하지만 그는 나에게 흉부외과 환자를 본지 꽤 되었다고 했었다.

　이런 그에게 몇몇 의사들이 전화를 계속해서 환자 상태를 물었다. 토레스는 환자에 대해서는 잘 알지만 각종 '흉부외과' 관련 기계나 용어, 검사 결과에 익숙하지 않았다. 그럼에도 그는 최선을 다해 환자를 안정시켰다. 의사는 다시 토레스에게 전화를 걸어 환자 몸에 달린 기계에 나타나는 수치들을 계속 물어보니 토레스는 당황한 기색이었다.

　나도 생전 보지 못한 그 기계에는 환자의 심장박동을 구현한 듯이 큰 심장 그래픽과 여러 가지 수치가 나타났고, 토레스는 의사가 물어보는 수치를 어디서 찾아야 하는지 몰랐다. 갑자기 기계에서 알람이 울리기 시작했다. 의사는 답답하다는 듯이 목소리를 높이며 계속 수치를 물었고, 토레스는 자꾸만 재촉하는 의사에게 말했다.

"I don't know!! I really don't know, so if you want to see the number, come to us!"

모르겠어요. 정말 모르겠습니다. 그러니 궁금하면 직접 와서 보세요.

이어서 토레스는 수술했던 마취과에 연락했다.

"죄송하지만 저는 흉부외과 간호사가 아닙니다. 환자가 달고 온 기계를 오래전에 다뤄봐서 잘 모르겠습니다. 와서 도와주세요."

마취과 의사는 대답했다.

"죄송해하지 마세요, 지금 바로 가겠습니다."

바로 도착한 마취과 의사는 기계를 체크했다. 다행히 기계의 알람은 시스템과 관련된 알람이라 환자에게는 문제가 없었다. 뒤이어 수술을 한 의사도 도착했다. 현재 유닛의 상황을 확인하고 나서야 토레스에게 '미안합니다, 당신이 흉부외과 간호사인 줄 알았습니다'라고 사과했다

마침 흉부외과에서 보내준 간호사가 와서 토레스는 다시 인계를 하고 나왔다. 토레스는 총괄 매니저에게 상황을 설명한 후 다른 파트의 환자를 받을 경우 어떤 기계를 달고 나오며 훈련된 간호사가 받는지 꼭 확인하는 체크리스트를 만들도록 했다.

15년 차 간호사가 모든 평간호사와 의사들 앞에서 '잘 모른다' 고 솔직하게 이야기하는 모습을 나는 처음으로 목격했다. 그가 아는 척하며 시간을 끌었거나 다른 정보를 주었다면 환자에게도 영향이 미쳤을 텐데, 토레스는 자신이 모른다는 걸 빨리 인정하고 도움을 요청했다. 그런 토레스가 얼마나 멋있어 보였는지 모른다.

아침에 토레스와 상처 간호사와 있었던 내 일을 이야기하자 갑자기 비슷한 상황이 일어나서인지, 우리 둘은 세상에 이런 우연이 있냐고 감탄했다. 토레스는 자신을 잘 보았냐고 하며 서로를 보고 한참 웃었다. 토레스는 나에게 말했다.

"지루할 틈이 없는 인생이야, 그렇지?"

그렇다. 모든 걸 다 알면 삶이 점점 지루해진다. 더 이상 궁금한 게 없고 배우고 싶은 욕구는 점차 사라진다. 일하는 경력이 올라갈수록 모르는 부분보다는 아는 부분이 많아져 점차 일이 점점 지루해진다.

아는 부분이 많아지면 생각하기도 전에 몸이 알아서 일을 했다. 그렇다. 모든 걸 다 안다는 건 매우 지루한 일이다. 반면에 '아예 모르는 분야'로의 진입은 마치 모험을 하는 기분이다. 무언가에 '무지'한 느낌이 불편하기에 우리는 자꾸 '아는 척'을 한다. 그런데 '아는 척'이 불러오는 결과는 비참하다. 얻는 것도 없이 창피함만 늘어간다.

　15년 차 경력 간호사도 모르는 게 있고, 5년 차 간호사도 아직 경험하지 않은 일이 있다. 내가 어떤 부분을 잘 안다고 남들도 다 알아야 할 필요는 없다. 나는 잘 아는데, 다른 사람은 모른다며 비웃을 이유도 없다. 당신이 모르는 걸 누군가는 잘 알 수 있다. 모르는 건 창피한 게 아니다.

　'그것도 몰라요, 선생님은 어떻게 간호사가 됐어요?'라고 하면 '네 몰라요. 모를 수도 있죠. 지금부터 알면 되요. 간호사는 당당히 면허 취득해서 하고 있어요."라고 대답할 용기를 갖자.

미루고 나면 꼭 터진다

'에이, 이래도 되겠지.' 이런 마음속 속삭임은 정말 달콤하다. 당장 빨리 끝내야 할 일이 넘쳐나는 상황에서 나에게 시간을 벌어준다. 근데 이 유혹은 반드시 뒤통수를 친다. 환자를 보는 간호사인 이상 이 속삭임에 넘어가면 안 된다.

7년 동안 간호사를 하면서 나는 문제를 숨기고 모른척하는 것이 마음을 매우 불편하게 하고 이런 감정이 얼마나 오래가는지 알수 있었다. 이 감정이 너무 괴로워서 차라리 쌓여있는 의구심을 풀어내고 솔직하게 말하려고 해왔다. 이때의 '후련함'과 '가벼운 감정'을 느낀 이후, 나는 미루기보다 직접 해결하거나 해결을 부탁하고 퇴근하는 게 훨씬 마음이 편안하다는 사실을 깨달았다.

어느 날 나이트 근무 중이었다. 내 환자는 최근 받은 유방암 수술로 오른쪽 팔에는 수액을 주입하는 바늘을 꽂을 수가 없었고, 온몸이 다 부은 탓에 혈관 확보가 매우 힘들었다.

다행히 중심정맥관이라는 큰 혈관에 넣어놓은 관이 있어 이 관을 통해 영양제와 필요한 약물을 주입하고 있었다. 그런데 관이 조금 막힌 건지, 낮 근무 간호사가 나에게 혈관통로가 약물이 겨우 주입될 정도로 매우 뻑뻑하다고 전했다.

아침 근무 간호사는 약물주입은 되는 상태니 지켜보자고 했고, 주치의도 알고 있다고 했다. 게다가 밤 동안 들어가는 주사액이 없으니 본인이 내일 와서 주치의와 이야기해보겠다고 했다.

나는 다음날 아침에 해결하겠다는 낮 근무 간호사의 말과 밤 동안 주입할 주사액이 없다는 것, 주치의도 모두 알고 있다는 사실 때문에 이 중심정맥관을 밤 동안 굳이 안 건드려도 되겠다는 생각을 했다.

그래도 혹시나 하고 환자의 중심정맥관을 열어 확인해보니, 약물주입이 불가능할 정도로 관이 완전히 막혀 있었다. 관을 뚫으려고 여러 번 생리식염수를 주입하려 했지만 매우 힘들었다. 결국 주치의에게 중심정맥관을 뚫는 약을 받아 관에 주입해서, 마침내 그 중심정맥관의 사용이 가능해졌다.

사실 밤 동안 이 관을 쓸 일은 없었고, 막힌 관을 해결하느라 모든 업무가 밀리고 바쁜 상황이었다. 속으로 '아… 관을 좀 나중에 뚫을 걸' 생각했다.

그러나 나는 이날 밤을 지금도 잊지 못한다. 막힌 관을 그저 간과했다면 정말 큰일이 날 뻔했기 때문이다. 내 환자는 안정적이었고, 매우 고요한 밤에 근무를 하던 중이었다. 갑자기 환자의 심장 리듬이 변하면서 심실이 마구 떨리는 심실세동으로 리듬이 바뀌었다. 나는 바로 달려가 환자의 심장을 압박하고 도움을 요청했다.

환자의 미친 듯이 떨리는 심장을 안정시키기 위해 전기 충격을 주고 강심제를 투여해야 했다. 담당간호사인 나는 가슴압박을 하고 있었기에, 동료 간호사에게 중심정맥관의 위치를 알려줬다. 다행히 중심정맥관을 미리 뚫어놓은 상태라 에피네프린이라는 강심제를 주입할 수 있었다. 나는 양손으로 심장 압박을 하면서도 환자 목 오른쪽에 꽂힌 관을 쳐다봤다.

이 관을 근무 시작 전에 뚫어놓지 않고 그냥 내버려 뒀다면 어떻게 되었을지 생각만 해도 정말 아찔했다. 중심정맥관 덕분에 우리는 요동치는 심실을 잠재우는 약들도 주입할 수 있었고, 환자의 심장은 다시 잘 뛰었다.

환자의 치료를 위해 심어놓은 현대의학기술이 중요한 순간에 쓰이지 못한다면 무슨 소용이 있을까? 환자는 그저 아무 쓸 데도 없는 관만 가지고 있는 격이 아닌가? 이날 나는 심장이 벌렁거리는 경험을 하면서 큰 결심을 했다. 앞으로 의구심이 해결되지 않으면 절대로 일을 지속하지 않겠다고.

Chapter 5.

인생 최악의 순간에 있는
그들의 옆에서

아프지 않으려고 병원에 오는 사람들

사람들이 병원에 오는 이유는 자신을 고통스럽게 하는 어떤 '통증'에서 벗어나고 싶어서이다. 의학의 힘을 빌려 아무리 해도 안 없어지는 고통을 줄이고 더 이상 아프고 싶지 않은 사람들은 병원 문으로 들어온다. 반면에 의료진은 '왜'가 더 궁금하다. 그들의 아픔도 중요하지만 '왜 아픈가'가 더 중요하다. 그리고 의료진은 '왜'라는 질문을 해야 하는 위치에 있기도 하다. 그들은 '왜'에 대해 답을 얻기 전에 '질병'을 파악하기 위해 수많은 검사와 문진을 한다.

이처럼 의료체계는 사람보다는 질병을 위주로 설계됐다. 이 의료체계는 간호사에게 '질병'을 추적하고 치료하는 각종 혈액검사, 방사선검사, 수액, 약물, 다른 부서와의 연락, 입원 준비 등 환자가

'왜 아픈가'라는 질문을 해결하기 위해 수많은 일이 주어지고, 간호사는 이 일을 '최대한 빨리' 시행해야 한다.

의사는 결과를 재촉하고, 각 부서에서 '잠시만 기다려달라'는 말을 들으면 간호사의 입장에서는 정말 그들이 원하는 대로 해주고 싶다. 그러나 간호사 한 명당 환자 한 명만 보는 환경이라면 너무 좋겠지만, 안타깝게도 우리 손에는 여러 명의 환자가 있고 한 명만 해결하기에도 사실 벅차다. 이 와중에 환자는 '고통' 때문에 왔지만 사실 고통의 원인을 찾는 각종 현대의학기술로 인해 오히려 인위적 고통을 얻는다.

어느 누구 할 것 없이 바쁜 오후 중환자실, 뇌경색을 진단받은 환자가 입원을 했다. 경색 부위가 매우 크고, 막힌 뇌혈관 주위로 부종이 올라왔다. 언제라도 뇌를 감싸는 뼈를 제거해서 높은 압력을 낮추는 수술이 진행될 가능성이 높은 환자였다.

막힌 뇌혈관 부위가 환자가 말을 하도록 하는 언어 담당 부위에 영향을 미쳐, 환자는 말을 하고 싶지만 우리 몸의 사령관인 뇌가 작동하지 않아 말을 하지 못했다. 이 환자를 보는 나의 온 신경은 부어오르는 뇌를 어떻게든 가라앉히기 위한 처치에 집중됐다.

온갖 약물을 주입하기 위한 혈관 확보와 각종 뇌신경 검사, 방사선 검사, 혈액 검사를 '최대한 빨리' 하느라 정신이 없었다. 겨우 검사와 약물 투약을 모두 마치고 한숨을 돌리고 앉아있었는데, 스크롤바를 한참 내려도 새로운 처방들이 끝없이 올라왔다.

나는 한숨을 쉬고 문득 환자를 쳐다봤다. 환자는 손을 올려 머리를 짚고 끙끙거리고 있었다. 순간 마음속에서 환자에게 너무 미안한 감정이 올라오면서 나 자신이 너무 싫었고, 까마득히 많은 업무만 처리하는 자신이 극도로 미웠다. 정신이 번쩍 들었다. 내 환자는 뇌경색으로 잘 올라가지도 않는 팔로 자신의 머리를 쥐어뜯고 있었다.

머리를 주먹으로 때리면서 나는 모든 업무를 중지하고 처방을 재확인했다. 수많은 처방 중 진통제 처방이 아예 없었다. 나는 당장 주치의에게 전화를 걸어 진통제 처방을 받아 환자에게 투약했다.

모든 업무의 우선순위는 당장 뇌를 살리기 위한 것이다. 진통제를 투여하는 데 고작 1분이면 충분하니 다른 일을 하다 보니 못했다는 핑계를 댈 수도 없었다. '너 진짜 나빴어!'라고 자신을 한참 욕하면서, 이날 얼마나 자신을 미워했는지 모른다. 내가 얼마나 환자의 감각에 폭력적으로 대했고 이 환자의 고통에 둔감했는지 스스로를 자책했다.

진통제를 맞은 환자는 천천히 머리에 올려놓은 팔을 내려놓고, 잔뜩 찡그렸던 인상을 점점 풀었다. 조금 편안한지 계속 가만히 있지 않던 움직임도 잦아들고 이내 잠들었다. 평화가 찾아온 듯한 표정을 지었다. 환자의 얼굴을 보고 있으니, 지금까지 내가 환자에게 의료체계가 요구한 모든 걸 해주었지만 이토록 평화로운 모습은 보지 못했으며, 오히려 인위적 고통을 주고 더 고통스럽게 했음을 뒤늦게 알 수 있었다.

가끔 선배는 이렇게 말했다.

"나는 가끔, 환자로부터 배워."

이 말이 무슨 뜻인지 이제 이해가 갔다. 나는 오랜 시간 상당히 많은 것을 환자로부터 배웠다. 비록 꽤 시간이 걸렸지만, 나는 환자로부터 한 인간의 인생이 어떻게 흘러가고, 어떻게 끝나며, 우리가 얼마나 많은 것을 간과하고 사는지 배웠다.

말을 하지 못해 어떻게든 안 움직이는 팔을 움직여서 아프다고 표현하는 환자를 보면서, 돌보는 일이 직업인 나는 '치유'와 '돌봄'의 진정한 의미를 다시 한번 생각했다. 지금까지 나는 정말 이 환자를 위해 '돌봄'과 '치유'를 했을까? 오히려 추가처방을 해결하는 데 급급하지 않았을까?

어떤 나약한 인간이 내 옆에서 너무 아프다고 말하고 싶은데 아픈 이는 말을 하지 못한다. 이런 이들의 옆에 항상 있는 사람이 간호사이고, 아픈 곳을 보듬어주고 고통으로부터 벗어나게 해줄 수 있는 사람도 간호사이다.

환자와 돌보는 사람 사이의 관계는 '인간 대 인간'으로 연결되어 있다. 그리고 '치유'의 시점은 이 순간부터 시작된다. 그들의 고통을 더하지 않고 완화시키며, 환자의 감각에 더욱 예민해져야 한다.

환자에게 '실존적 평화'를 주고, 돌봄을 받는 이와 돌보는 이의 관계를 보다 더 인간적이고 치유의 관계로 바라보면, 비록 시간이 많이 걸렸지만 결국 놀라운 일이 벌어진다는 걸 알았다.

고통스럽게 죽는 것을 더 두려워하는 사람들

80대 노인이 심정지로 응급실에 왔다. 워낙 심장이 안 좋았던 할아버지는 집에서 정신을 잃었고, 구급자가 15분 안에 도착했지만 가족 중에서 그 누구도 심폐소생술을 할 줄 몰랐다고 한다.

할아버지는 심장이 멈춘 채 10분간 방바닥에 누워있었고, 응급실에서 현대의학의 힘으로 멈춘 심장을 다시 뛰게 하는 데 성공했지만, 이미 뇌는 상당한 시간 동안 산소 공급을 받지 못해 엄청난 손상을 받은 상태였다.

할아버지의 약하디 약한 심장은 우리가 고용량의 약을 주입하는데도 겨우 뛰고 있었다. 콩팥으로 가는 혈류가 줄어들면서 콩팥은 더 이상 소변을 만들지 못하는 상태가 되었고, 우리 의료진은 환자가 치료를 받아도 더 이상 살지 못할 것임을 알고 있었다.

이렇게 갑자기 죽음이 올지 몰랐을 내 환자는 이제 병원 침대에서 자신이 어떻게 죽어가는지도 모른 채 온갖 약물이 투여되고 각종 관에 꽂혀 있는 상태로 누워있었다. 소변이 나오질 않아 콩팥 기능을 대신하는 인공신장투석기를 시작하려 해도 혈압이 버텨줄 상태가 안됐고, 환자는 노폐물을 뺄 수 없으니 점점 산증이 악화되었다. 그래도 이 환자는 현대의학의 모든 지원을 받으며 간신히 기계에 의존해 숨을 쉬고 있었다.

사실 의료진은 모두 알고 있었다. 이 환자에게 더 이상 해줄 일이 없음을. 우리에게는 '방법'이라고 할 수 있는 여러 가지 치료들을 해왔지만 환자에게 이것이 '방법'으로 받아들여졌을지는 모르겠다.

환자의 심장 박동 수는 점점 40대로 떨어졌고 혈압도 겨우 유지되었다. 소변을 못 만들어내서 온몸이 퉁퉁 부어있고, 목구멍에 넣은 플라스틱 관으로 100% 산소를 주입해도 이미 물이 가득 찬 폐는 더 이상 숨 쉴 공간이 없었다. 청진을 하지 않아도 환자의 끓는 수포음이 바깥으로 들렸다. 콧구멍에 넣어놓은 플라스틱 관으로 주입하던 경관식이마저도 더 이상 소화를 못해 입으로 흘러나왔다.

나는 이것이 환자에게 '최선'인지 의문이었다. 보호자들은 DNR(심폐소생술 거부)에 동의할지 말지 면회시간에 와서 상의를 하겠다고 했다. 주치의도 현재는 DNR이 아니니 최선을 다하겠다고 말했다. 이 말은 심장이 또 멈추면 내가 이 할아버지의 가슴에 나의 체중을 실어 멈춘 심장이 뛸 때까지 압박을 하고, 200J의 전기 충격도 가해야 한다는 의미였다.

환자는 면회시간까지 버틸 것 같지 않았다. 주치의는 환자의 심장이 멈추더라도 소생 가능성이 없기에 공격적인 CPR은 하지 않겠다고 했다.

여기서 의문이 들 것이다. 그럼 왜 빨리 DNR을 받지 않았는지. 그 이유는 바로 아랍 국가와 우리나라의 차이 때문이다. 무슬림이 아니라 교리까지는 잘 모르겠지만, 아랍 국가에서 3년 동안 있으면서 우리나라와 다른 점을 발견했다.

그들은 '죽음'을 선택하고 준비하기보다 신에게 맡긴다. 누군가를 살리는 치료를 할지 말지 여부를 결정하는 서류에 서명을 하는 것은 신의 뜻을 어긴다고 여기는 것 아닐까? 그들에게 DNR을 설명하면 고개를 절레절레 저으며 절대 안 된다고 하는 사람이 많다.

나 또한 이곳에 있으면서 DNR 환자는 딱 3명 보았는데 모두 비무슬림 환자였다. 그만큼 이곳에서 DNR을 설명하기 위해 일찍 보호자를 부른다는 건 상당한 도전이었다.

그렇게 나는 이 환자 주변을 벗어나지 못하고 계속 맥박을 체크하면서 심전도가 일직선이 아닌지 확인해야 했다.

문득 나는 도대체 무엇을 기다리는가 의심이 들었다. 내 환자의 심장이 멈추길 기다리는가, 아니면 보호자를 기다리는가? 막상 심장이 멈춰도 공격적으로 치료하지 않을 것이며, 의학적으로 소생이 불가능함을 알고 있는 상황에서, 왜 우리는 보호자들에게 그들에게 마지막일지도 모르는 사랑하는 사람과의 시간을 주려고 하지 않는지 생각했다.

면회시간까지 두 시간이나 더 있어야 했고, 이 환자는 투여한 칼슘 덕분에 겨우 맥박이 뛰고 있었다. 직감상 환자가 30분 안에 돌아가셔도 이상할 게 없는 상태였다. 이대로 가다가는 보호자가 도착했을 때 틀림없이 우리는 심장마사지를 하고 있을 것이었다.

나는 보호자에게 전화를 걸어, 면회시간보다 조금 일찍 방문해달라고 알렸고, 주치의에게도 알렸다.

"뭐, 보호자를 일찍 오라 그랬다고, 환자가 아직 살아있는데?"

의사는 잔뜩 화가 났다. '내가 언제 그러라고 했냐'는 말이었다. 환자가 면회시간 전에 돌아가실 것 같냐고 하면서, 이미 아침부터 맥박이 40대인데 면회시간까지 왜 못 기다리냐는 말이었다. 나는 이 의사가 왜 그러는지 알았다. 평소 보호자와 이야기하는 걸 별로 안 좋아하는 의사였다. 보호자와 이야기가 길어지면 점점 짜증을 내면서 바쁘다고 나가던 그는 보호자를 미리 부른 나에게 매우 화가 나 있었다.

그리고 이 의사는 보호자들이 절대 DNR에 서명하지 않을 거라고 예측한 모양이었다. 평소라면 상종을 하지 말자고 무시했겠지만 지금 이 순간에는 내 목소리를 내야 할 때라고 생각했다. 나는 환자와 보호자를 대변해야 함을 느꼈다.

"그래서 지금 우리가 기다리고 있는 게 뭐죠? 환자의 심장이 멈추는 걸 기다리는 건가요, 아니면 면회시간을 기다리는 건가요? 도대체 기다려서 얻는 게 뭐죠? 환자를 보세요. 보호자도 없이 저렇게 침대에서 죽을 수도 있어요."

"둘 다! 그전에 환자 안 죽어요!"

"그걸 당신이 어떻게 알죠? 그전에 돌아가시면 이 환자의 보호자들은 그들의 사랑하는 아버지 혹은 남편을 심장이 멈춘 후에나 보게 되겠죠. 왜 당신은 가족들과 DNR에 대해 상의해볼 거라면서, 당장 환자가 죽을지도 모르는 지금이 아니라 굳이 2시간 뒤에 그들에게 설명하려는 건가요? 만에 하나 환자가 지금이라도 죽으면, 자신의 가족의 죽음에 대해 같이 생각해보고 설명을 들을 충분한 시간도 없이 아버지 혹은 남편이 죽는 순간을 맞이할지도 몰라요."

나는 계속해서 말했다.

"그 환자가 당신의 아버지라고 생각해보세요. 과연 자기 아버지가 돌아가시고 의료진들이 심장마사지를 하는 순간에 DNR 여부에 대해 질문을 받길 원하는지, 아니면 그전에 가족들과 충분한 상의를 해보고 결정한 뒤 당신의 아버지가 현대의학으로부터 겪는 고통으로부터 벗어나 가족과 손을 잡고 편안한 죽음의 순간을 맞고 싶을지."

"보호자를 일찍 부른다고 해서 당신이 이렇게 화를 낼 줄은 정말 몰랐어요. 하지만 저는 환자와 보호자를 제일 먼저 생각했을 뿐입니다."

마침 설명하는 도중에 환자의 가족이 모두 일찍 도착했다. 아직도 화가 난 의사는 응급상황이 있는지 급히 자리를 떴고, 다른 의사가 와서 차근차근 설명을 했다. 보호자는 궁금한 것을 물어보았고, 모든 것을 이해하고 나서야 DNR에 서명을 했다.

의사는 보호자들이 방안에 머물도록 면회를 허락하는 서류를 작성했고, 가족들은 환자의 손을 잡고 옆에 앉았다. 아들은 자신의 팔찌를 빼서 아버지의 팔목에 끼어 주었고, 아내는 남편의 볼을 쓰다듬고 있었다.

환자는 DNR을 받자마자 2시간 뒤에 돌아가셨다. 우리는 심폐소생을 하지 않고, 대신 목구멍과 콧구멍에 꽂혀있던 플라스틱을 환자가 고통스럽지 않게 빼 주었다. 보호자들에게 관이 없는 환자의 실제 얼굴을 보여드렸다.

그리고 환자가 장례를 치를 곳으로 가기 위해 시신의 얼굴을 덮기 전, 마지막으로 보호자들에게 시간을 주었다. 가족 한 명 한 명이 환자의 이마에 입맞춤을 하고 사랑한다고 말했다. 환자의 아내는 내게 말했다.

"이제야 남편이 편안해 보이네요. 웃는 것처럼."

정말 이상하게도 환자의 입꼬리가 살짝 올라가 마치 웃는 듯이 보였다. 그리고 아내분은 나에게 '일찍 불러 주셔서 감사합니다. 그이를 고통으로부터 벗어나게 해줄 사람이 우리 가족이 되도록 해주셔서 감사합니다'라고 하면서 나를 꼭 안으셨다.

화를 내면서 씩씩거렸던 의사도, 보호자들이 환자가 죽는 순간에 함께 있는 것을 보고 나에게 와서 좀 전에는 미안했다고 사과했다. CPR을 하면 어쩌나 하고 긴장상태였던 동료들도, 가족들과 함께 있는 보호자를 보고 나에게 이렇게 말했다.

"Good job, Hyejin. You did a right thing for your patient today."

나는 늘 환자를 살리기 위해 목소리를 내왔다. 하지만 오늘은,

환자의 존엄한 죽음을 위해서라도 목소리를 내야 한다는 사실을 절감했다. 사람들은 죽는 걸 두렵다고 말하지만, 사실 '죽음' 자체보다 고통스럽고 외로운 죽음을 더 두려워한다.

우리 의료진은 죽음의 순간에 있는 환자와 환자를 아끼는 가족들에게, 죽음이 무엇인지 설명하고 생각할 충분한 시간과 환자의 마지막 가는 길이 외롭지 않게 그들이 환자와 같이 있을 기회를 꼭 주어야 한다.

사소한 건 절대 사소하지 않다. 어쩌면 한 통의 전화로 환자를 혼자 죽도록 내버려 두었다는 보호자들의 죄책감을 덜어줄 수 있으며, 죽음을 기다리는 환자에게 인위적 고통을 덜 받게 할 수도 있다. 간호사라는 직업이 사람을 살리는 일과 동시에 실질적 평화 속에서 죽음을 안내하는 길이기도 하다는 사실을 새삼 깨달았다.

잠깐 제 손 좀 잡아주면 안 될까요?

드라마에서 나오는 것처럼 의사가 환자를 걱정하다 환자의 침상 옆에서 꾸벅꾸벅 졸다 잠드는 일이나 간호사들이 환자의 손을 잡아주고 머리를 쓰다듬으며 밤새 침상 곁에 있는 장면은 현실에서는 거의 '불가능'하다.

현대의학에서는 침상 곁에 앉아서 환자의 얼굴을 뚫어지게 보고 있거나 머리를 쓰다듬는다고 환자가 낫지 않는다. 그럴 시간에 환자에 관한 여러 자료를 다시 보고 해결 방법을 찾아 약물을 투여하고 원인을 찾아 해결하는 것이 바로 '의학'이다.

나 또한 간호 인생 7년 동안 환자가 너무 걱정되어 환자의 손을 잡고 밤새 '정서적 지지'를 해본 적이 없다. 간호 기록에는 '정서적 지지를 제공함'이라고 적지만, 현실은 당장 근무시간이 끝날 때까지 맡은 일을 끝마치기에도 늘 벅찼다. 대부분의 의학 드라마에서는 의료진들이 '휴머니즘'에 가득 차 있는 모습으로 나오지만 사실 현실에서는 그럴 여유가 없다.

뇌하수체종양으로 40세 젊은 여성이 입원을 했다. 두 딸아이의 엄마인 그녀는 비강을 통해 종양을 제거하고 수술실에서 나왔다. 그녀가 밖에서 엄마를 걱정하며 서성거리는 두 딸아이에게 'My babies, come on in'이라 하자 두 아이들은 엄마에게 달려가 와락 안겼다.

환자가 안정을 취해야 해서 내가 아이들을 제지하려는 찰나, 환자는 나에게 눈짓을 보내며 괜찮다고 했다. 엄마의 수술 후 양쪽 코에 넣어놓은 거즈들을 가리키며 걱정하는 아이들이 혹시라도 무서워할까 봐 환자는 '돼지코'를 만든 것이라며 장난을 쳤고, 아이들은 까르르 웃었다.

수술 직후라 통증이 극심하고 콧구멍에 넣어놓은 솜 거즈 때문에 숨도 제대로 못 쉬는 이 여성은 두 아이의 엄마로서 강해져야 했던 모양이다. 아이들이 무서워하지 않게, 그들의 걱정 어린 표정을 다시 까르르 웃는 얼굴로 바꾸고 싶었던 그녀는 최대한 아무렇지 않은 척 했다.

저녁 면회가 끝나고 아이들과 남편은 나갔고, 그들이 가자마자 그녀는 콜 벨을 눌렀다. 그녀는 이마에 손을 얹은 채 '머리가 많이 아프군요. 진통제 좀 주시겠어요'라고 부탁하며 좀 전에 아이들 앞에서 보인 모습과는 달리 매우 힘들어했다. 나는 바로 진통제를 투여하고 편히 잠을 자도록 커튼을 닫고 불을 꺼드렸다.

새벽 라운딩 중에 보니 그녀는 아직 자지 않고 창밖을 바라보고 있었다. 나는 그녀의 수술 부위를 체크하고, 그녀에게 항생제와 또 다른 진통제를 투여했다. '그럼 주무세요'라 말하고 나가려던 중 그녀가 갑자기 나를 불러 부탁했다.

"정말 죄송하지만 제 손 좀 잠시만 잡아주시겠어요? 수술이 잘됐다고 하지만 너무 무섭고 불안해서 잠이 오지 않네요 …"

나는 아무 말없이, 옆에 있던 의자를 가져와 그녀 옆에 앉았다. 이불을 목까지 덮어주고 한 손으로 그녀의 손을 잡아 주었다. 그러고 나서 그녀의 어깨를 토닥거렸다.

"아무 생각 말고 주무세요. 아무도 없어요."
"고맙습니다."

10분 정도 지나자 그녀는 슬슬 잠이 들었다. 그녀가 깨지 않도록 나는 조심스럽게 손을 빼고 따뜻한 이불을 하나 더 덮어드리고 나왔다. 잠시 자리에 앉아 멍하니 그녀를 보았다.

나는 인간이 가장 나약해져도 되는 순간은 바로 '가족들 앞'인

줄 알았는데 아닐 수도 있겠구나 생각했다. 가족들 앞에서는 더 강해져야 하는 순간은 오히려 사실 그들이 제일 나약할 때였다.

머릿속의 종양을 떼고 나온 그녀는 앞으로 아이들이 자라나는 걸 다시 못 보고 사랑하는 남편을 못 알아보면 어쩌나 엄청 걱정을 했을 것이다. 수술이 끝났음에도 아이들이 걱정할까 봐 강한 척을 해야 했던 그녀는 속으로는 너무나도 쉬고 싶고, 마음 편하게 약해지고 싶었을 것이다. 그런 그녀가 당연히 나약해져도 되는 간호사들의 앞에서는 편안했을까?

'내가 손을 잡아준다고 해서 그들의 병이 낫지는 않을 거야'라고 믿어왔던 나는 이 환자를 통해, 간호사라는 직업이 병을 낫게 하고 말고의 문제보다 훨씬 더 높은 차원의 일을 다룬다는 사실을 깨달았다. 환자들의 부담감을 덜어주고, 우리 앞에서는 충분히 나약해져도 되고, 그들이 '아프다'와 '힘들다'라는 말을 가장 편하게 할 수 있는 사람이 되고, 인생의 최악의 순간에 그들 곁에서 함께 있어주는 것만으로도 큰 힘이 된다는 사실을 말이다.

나는 약하디 약한 환자의 옆에 있으면서 어떤 이유든 더 강해졌다. 나 자신이 강하지 않다는 걸 알면서도 강해져야 했다. 그리고 지금의 나는 처음 1년 차 때와 비교하면 훨씬 단단해졌다. 그들이 내 손을 잡은 이상, 그들이 나에게 기댈 수 있도록 어깨를 내어주어야 했다. 그렇게 점차 이 직업을 통해 나는 더 강인한 사람이 될 수 있었다.

여행 왔다가 코로나에 걸린 환자

2020년 3월, 아부다비 병원에 입사했을 때였다. 입사와 동시에 아랍에미리트에 코로나바이러스 확진 환자가 급증하면서 환자들이 넘쳐났다. 응급실에는 사람들이 병원을 세바퀴 돌 정도로 줄을 서서 기다리고 있었고 나는 매일 그 긴 줄을 보며 출근했다.

아직 코로나 중환자실로 지정이 안 된 우리 병동은 코로나 환자가 범람을 해도 큰 지장을 받지 않았다. 여느 때와 다를 것이 없을 거라고 생각했던 나는 중환자실로 들어갔다. 그런데 분위기가 어수선하고, 간호사들이 방호복을 입고 있었다. 책임간호사가 나에게 N95 마스크와 얼굴까지 가리는 방호복을 주며 말했다.

"네 환자, 코로나 확진 환자야."

출근 전 확진자가 늘었다는 아침뉴스를 보고도 설마 내가 코로나 환자를 볼 일이 있을까 생각했던 나는 이제 실제로 코로나바이러스 환자를 보게 되었다. 방호복을 입고 벗는 순서도 기억이 가물가물했던 나는 머릿속으로 망했다는 생각을 했다.

아침 전체 인계시간에 모든 간호사가 모여 도닝(donning: 방호복과 보호장비를 제대로 착용하는 것)과 도핑(doffing: 방호복을 안전하게 벗고 나오는 것)을 다시 교육받았다. 나는 방호복을 입으면서도, 언론에서 보도한 사망하는 환자와 의사, 고통스러워하는 중국 우한 사람들의 모습에 이 바이러스가 너무 무서웠다.

잠시 멍을 때리며 온갖 근심이 가득한 표정을 지은 내 얼굴이 영 좋지 않아 보였는지 매니저가 나를 보고 말했다.

"무엇이든 말해, 무엇이든 도움을 요청해, 혜진."

"응…"

나는 코로나 중환자실로 들어갔다. 밤새 일한 간호사는 숨을 헉헉거리며 환자의 방에서 나왔다. 그녀의 인계하는 소리가 겹겹으로 착용한 마스크와 페이스 실드 때문에 잘 들리지 않았다. 안 그래도 숨이 찬데, 서로가 들을 수 없으니 목소리를 크게 내며 인계를 해야 했다. 밤 근무 간호사가 나에게 말했다.

"이 바이러스는 확실히 달라. 환자가 GCS15점(의식수준에서 제일 높은 상태)으로 왔는데, 4시간 만에 호흡부전이 오더니 기관 삽관을 하고 6개의 약물을 시작해야 했어."

나는 이 바이러스가 얼마나 빨리 환자 상태를 악화시키는지 알 수 있었다. 인계를 받은 나는 환자의 기록을 다시 살펴봤다. 내 환자는 러시아 사람으로, 이 나라에 여행차 왔다가 본국으로 돌아가지 못하고 있었다. 여행 중 감염이 됐고 열이 나서 입원한 그는, 하루 사이에 다른 사람이 되었다.

환자의 4시간 전 엑스레이와 아침의 엑스레이를 보니 완전히 다른 사람이었다. 이 두 사진이 정말 같은 사람의 폐인지 의심스러울 정도로 굉장히 빠른 시간 안에 바이러스는 환자의 숨 쉴 공간을 먹어 치웠다.

우리가 줄 수 있는 산소의 100%를 주는데도 환자의 모니터에는 나에게 89%만 보여주었다. 나는 생전 듣도 보지도 못한 항바이러스제와 항생제들을 달고 넘쳐나는 가래를 계속 뽑았다. 환자의 눌린 아래쪽 폐공간을 확보하기 위해 4명의 의료진이 붙어서 환자를 눕는 자세로 뒤집었다. 최대한 코로나 환자에게 노출되는 의료진 수를 줄이기 위해, 나의 파트에는 3명의 간호사와 1명의 간호조무사만 투입됐다.

방호복을 입고, 여러 개의 마스크와 얼굴에 온갖 테이프를 붙이면서 일하니 입에 박스테이프를 붙이고 일하는 느낌이었다. 쉬는 숨을 다시 마셨고, 산소 공급이 안 되는 느낌이었다. 장갑을 두 개 끼는 바람에 모든 행위에 시간이 오래 걸렸다. 방호복은 아무리 에어컨을 튼다 해도 유니폼을 짜서 물이 나올 정도로 땀이 났다.

의사에게 노티를 하려 해도 마스크 두 개와 페이스 마스크 때문에 뭐라고 하는지 들리지 않아 목이 쉬어라 소리를 지르며 말해야 했고, 나중에는 A4용지에 노티를 적어서 보여줬다.

시간에 쫓기며 겨우겨우 모든 약을 주고 치료를 끝냈다. 화장실이 가고 싶은데 '가야지 가야지' 하면서 한 번도 갈 수 없었다. 목이 말라서 물이 너무 마시고 싶은데 '이것만 끝내고 마셔야지' 하면서도 잊어버렸다. 환자의 약물 투약과 가래를 빼고 다시 체위를 바꿔주다 보니 하루 종일 서있어야 했다.

코로나바이러스 환자는 열이 펄펄 끓었다. 39도가 넘는 열은 약을 준다고 떨어지지 않았고, 이 바이러스는 머지않아 폐뿐만 아니라 여러 장기도 손상시켰다. 점차 이 환자는 소변을 보지 않았다. 신장 기능 검사는 최악이었다. 어서 콩팥을 대체할 수 있는 기계를 달기 위해 큰 혈관에 투석관을 꽂았다. 이 환자에게 현대의학이 제공할 수 있는 모든 방법들이 동원되고 있는데, 환자는 전혀 호전될 기미가 보이지 않았다.

내 앞에서 코로나바이러스가 들어있는 가래를 뿜어대는 환자가 처음에는 너무 무서웠던 출근 전과 달리, 그런 두려움은 완전 잊은 채 일을 하고 있었다. 어떻게든 조금이라도 산소포화도가 올라가기를, 제발 10ml라도 좋으니 환자가 소변을 보기를 간절히 바랐다.

환자의 방으로 환자 아내에게서 연락이 왔다. 환자가 코로나 확진자라 면회가 금지되어 전화만 가능한 상태였다. 환자 아내는 나에게 바깥에서 얼굴만이라도 보면 안 되냐고 부탁했지만 현재 병원 방침상 그럴 수 없었다. 아내는 전화기 너머로 꺼억꺼억 울었다. 나에게 어떻게 하냐며 묻는 그녀는 계속 목이 쉬어라 울고 있었다. 그녀는 그저 좋아질 수 있는지만 내게 묻고 있었다.

이러한 순간에 보호자들을 가장 힘들게 하는 건 '막연함'이다. 그리고 그 '막연함'이 주는 끝없는 기다림이다. 어떠한 의료진도 이 코로나바이러스 환자가 나아질 수 있다는 말을 할 수 없었다.

아내는 계속 울었다. 나는 해야 할 일이 많았지만 잠시 하던 일을 멈추고 전화기를 들고 있었다. 그녀의 우는 소리를 한참 동안 듣고 있었다. 환자의 방 안에서 환자, 나, 기계음과 아내의 목소리가 맴돌았다. 아내는 계속 울고 있었고 나는 슬피 우는 목소리를 계속 듣고 있었다. 그리고 환자를 바라보았다.

문득 나라면 어떨까 생각했다. 내가 사랑하는 사람이랑 여행을 왔는데, 남편이 갑자기 이름도 모를 바이러스에 걸려 생사를 오가고 있고 바이러스 때문에 남편을 보지도 못하는 상황이 나에게 벌어진다면 어떨지 생각하니 누가 가슴을 칼로 후벼파는 것 같았다. 나는 보호자에게 말을 건넸다.

"얼마나 가슴이 찢어질지 감히 안다고 말할 수 없습니다. 무슨 말을 해야 위로가 되는지도 모릅니다. 해드릴 수 있는 말은… 제가 지금 남편분 옆에서 아침부터 지금까지 한순간도 쉬지 않고 계속 같이 있었다는 점입니다. 최선을 다해 옆에서 간호하고 있습니다. 지금은 제가 옆에 있고, 밤에는 다른 간호사가 옆에서 계속 돌봐드릴 겁니다. 미리 전화를 드리지 못한 점도 사과드립니다. 하지만 저희가 옆에 있겠습니다. 저희 간호사들이 옆에서 계속 같이 있어 드리겠습니다."

그러자 아내는 조금 안정이 됐다. 여러 번 고맙다고 말하고는 전화를 끊었다. 그리고 다음날 나는 다시 출근을 했고 이 환자 이름이 환자 리스트에서 빠진 것을 확인했다.

그 망할 바이러스가 내 환자를 밤 동안 공격을 하더니 결국 목숨을 앗아간 것이었다. 환자가 떠난 침상에는 이미 또 다른 코로나바이러스 확진 환자가 누워 있었다. 한참 동안 그 침대를 바라보며 나는 어제 통화한 보호자와의 대화를 머리에 떠올렸다. 그녀의 울음이 귀에 맴돌고 머릿속을 가득 채웠다.

이 바이러스가 너무 싫고 미웠다. 눈에 보이기라도 하면 당장에라도 밟아 죽이고 싶은 심정이었다. 어떻게 이렇게 빨리 소중한 내 환자들의 목숨을 앗아가는지 너무 싫었다. 여행 왔다가 영문모를 바이러스에 걸려 사망한 남편을 보지도 만지지도 못하는 그의 아내를 생각하니 다시 가슴이 메어왔다.

현대의학이 아무리 뛰어나다고 하지만 새로운 바이러스 앞에서는 처참히 무너졌다. 사람들이 내게 코로나바이러스 환자를 보면 무섭지 않냐고 묻는다. 처음엔 겨우 숨을 쉬는 환자의 모습을 보면서, 나도 감염되면 어쩌나 걱정을 했다. 한국도 아닌 해외에서 혼자 죽으면 어쩌지 하고 생각했다.

코로나바이러스 환자의 가래를 뽑을 때마다 숨을 꾹 참았다. 게다가 코로나 병동 간호사라는 이유로 집에만 있어야 했다. 집에 혼자 있다가 숨이 조금이라도 차는 것 같으면 혹시 바이러스에 걸린 건 아닐까 무서웠다. 이렇게 자다가 혼자 죽으면 어쩌지 하고 잠을 못 든 적도 많았다.

그러나 막상 필드에서 코로나바이러스 환자를 계속 돌보다 보니, 환자들이 무섭기보다 안쓰럽고 그저 제발 살았으면 좋겠다는 생각이 커졌다. 점점 이 바이러스가 두렵지 않았다. 바이러스 따위는 우리 간호사들을 꺾지 못했다.

수백 명의 간호사들이 가족들에게 옮길까 걱정해 집에도 가지 않고 환자를 간호했다. 우리는 점점 코로나바이러스를 공부하고 알아갔다. 매일매일 코로나 환자를 보다 보니, 바이러스에 걸린 환자들의 패턴을 알게 됐고, 즉각 문제를 찾아냈다. 어떻게 하면 조금 더 좋아지는지 알 수 있었고, 간호사들은 물도 안 마시고 화장실도 안 가며 일을 했다.

점점 죽는 환자들보다 기관삽관을 빼고 스스로 숨을 쉬는 환자가 늘어갔다. 퇴원을 하는 환자도 생겼다.

'간호사라는 직업이 싫을 때가 있습니까?'라는 질문에 나는 늘 대답해왔다.

> "있죠, 환자가 내 맘 같지 않을 때죠. 살았으면 좋겠는데 그렇지
> 않을 때가 너무 많죠."

그럴 때마다, 지나간 환자를 떠올리며 슬퍼하고 힘들어하기보다 빨리 현재로 돌아와 내 환자에게 집중했다. 원인 모를 바이러스도 두려웠지만 현재의 환자에게 충실했다. 간호사가 두려움을 느끼는 순간에 환자를 잃을지도 모른다는 생각을 했다. 계속 집중, 또 집중하면서 스스로에게 강해지자고 다짐했다.

Chapter 6.

기회는 결코 준비가
다 됐을 때 오지 않는다

좋아하는 것 하나를 얻으려면
싫어하는 것 하나를 해야 한다

해야 할 일이 있는데도 너무 하고 싶지 않아 미루고 싶을 때마다 나는 다음 문장을 속으로 되새긴다.

"좋아하는 것 하나를 얻으려면 싫어하는 것 하나를 해야 해."

그리고 자리에서 벌떡 일어나 할 일을 한다. 순간 꾹 참고 이 문장을 되새기면 미루고 싶은 일도 할 수 있게 된다.

해외에서 간호사를 하기는 쉽지 않다. 일반적으로 한국에서 간호사를 하는 것도 보통 일이 아닌데, 외국에 나와서 영어로 말하고 다른 나라에서 온 사람들과 일을 하려면 한국에서의 노력의 몇 배가 필요했다.

해외와 한국에서 가장 큰 생활의 차이점은, 여기서는 뭐든지 나 혼자 스스로 알아서 해야 한다는 점이었다. 그리고 '스스로'라는 말에는 '통제'가 포함되어 있다.

나 스스로가 알아서 하는 행위 자체에는 나를 '통제'할 수 있는 능력이 필요하다. 내가 목표하는 바를 이루기 위한 과정에 '쉬운 일'은 없다. 항상 어떤 목표를 이루기 위해서는 어쩔 수 없이 '내가 하고 싶은 일'이 희생되어야 한다. 그 하고 싶은 일이란 '달콤한 휴식'이다. 침대에 누워 스마트폰을 보고, 하루 종일 드라마나 유튜브를 보고, 친구들과 만나 수다를 떠는 것은 언제든 할 수 있는 일들이다.

반대로 '목표하는 일'은 영어 잘하기, 전문간호사 시험 통과하기, 멋진 몸매 갖기처럼 하고는 싶지만 그냥 얻고 싶다고 얻어지는 게 아니다. 무언가를 얻기 위해서는 하고 싶은 것들을 참고 포기해야 한다.

이렇게 나는 하고 싶은 것을 꾹 참고, 노력의 결과로 원했던 것을 얻는 바로 '목표를 이룬 성취감'이 주는 그 기쁨을 좋아한다. 목표를 이룬 내 모습이 좋다. 하루 종일 침대에 누워서 SNS로 남의 인생을 들여다보는 나 자신의 모습이 싫다. 사고 싶었던 물건을 사거나 친구들과 맛있는 걸 먹으며 보내는 행복감도 너무 좋아하지만, 이 '성취감'만큼 기쁨을 주지는 않는다.

해외에서의 경쟁은 한국에서 했던 경쟁과는 완전히 달랐다. 해외취업 경쟁에서는 가족 배경, 대학 이름, 자격증 등이 평가 기준이 아니다. 기업들은 실제로 내가 그 분야에 대해 얼마나 알고 있는지 말로 설명해주길 바란다. 내 아이디어를 어떻게 표현하는지에 그들은 훨씬 더 궁금해한다. 한국인이 집착하는 자격증 수와 토익 점수에는 관심도 없다.

한국이라는 작은 나라를 벗어나 여기에서는 경쟁이 쉬울 거라고 생각했던 나의 오만과 달리 경쟁은 굉장히 치열했다. 나보다 잘난 사람이 수두룩했고, 그 '잘남'의 기준은 대학, 집안, 재력이 아니었다. 그들은 무슨 대학을 나왔는지 물어보지도 않았고, 내 집안이나 거주지에도 전혀 관심이 없다. 그럼 자격증도 필요 없고, 좋은 대학을 나올 필요도 없는데 왜 해외취업이 치열하냐고 반문할지도 모른다. 그 이유는 바로 좋은 대학을 나왔다고 필요한 사람이 아니며, 자격증이 많다고 지적 수준이 높다고 여기지 않기 때문이다.

그들은 '실제로' 인성이 좋고 지적 수준이 높아 이를 일에 활용하며, 팀을 이끄는 힘이 있는 사람을 찾는다. 영어 점수가 높은 사람을 찾기보다 실생활에서 영어를 할 줄 아는 사람을 찾는다.

처음 해외 간호사를 준비할 때, 나는 차라리 그들이 자격증과 내 영어점수만 봤으면 좋겠다는 생각을 했다. 왜냐하면 나는 '실제로' 영어를 잘하지는 않지만 영어시험에는 강하며, 일하는 데 지식을 쓸 줄은 몰라도 시험공부는 잘 할 자신이 있었기 때문이다. 이 것이 내가 해외에 나와 제일 힘들었던 부분이다. 자격증과 집안 재력, 대학 이름만으로 평가받아온 대한민국 사회에서 자란 나를 가릴 가림막이 없어진 기분이었다.

영어점수가 높아도 이들이 말하는 걸 듣고 이해하지도 제대로 말하지도 못했다. 내 분야에 관련된 전문 자격증이 여러 개 있었지만, 질환들에 대해 설명해보라고 하면 말을 못하고 시험 자료를 찾아야 했다.

점점 이런 나의 모습을 들킬까 봐 그들 앞에서 겁이 나기 시작했다. 하지만 숨긴다고 가려지는 부분이 아니었다. 나는 더 이상 자격증과 학력으로 나를 꾸미는 행위를 하고 싶지 않았다.

앞으로 종이 쪼가리에 집착하지 않겠다고 다짐하면서, 아는 것을 말하는 사람, 내 생각을 표현하는 사람이 되자고 결심했다. 이를 위해서는 대강 알아서는 안 되고, '대충 아는 것'은 결국 '모르는 것'과 같다고 생각했다. 그래서 꾸준히 환자들의 질환에 대해 공부하기 시작했다. 해부학 지식부터 진단, 치료, 간호까지 공부를 하다 보니 질환 하나만 공부하는 데 하루가 걸렸고, 이 모든 것을 '영어'로 공부했다.

이러한 공부는 매우 피곤하고 힘들게 다가올 수밖에 없었다. 아침에 일어날 때마다 좀 더 자고 싶었다. 하지만 노트북이 펼쳐진 책상을 보고 속으로 마법의 문장을 속삭였다.

'어쩌겠어. 좋아하는 것을 얻으려면 싫어하는 것 하나를 해야하니까' 하면서 침대에서 일어났다. 그렇게 매일 노력한 결과, 질문을 피하고 대화를 기피했던 내가 그들에게 질문을 하고 영어로 말을 걸 수 있었다.

점점 동료들로 나를 인정하기 시작했다. 의사들도 말을 걸었고 내 이야기를 들었다. 내 환자에 대해 그들에게 말할 수 있었고, 그에 따라 환자들의 문제도 해결할 수 있었다. 그간 '하고 싶은 일'을 포기하고 노력한 결과 '좋아하는 것'을 선물로 받는 순간들이었다. 이런 성취감을 겪을 때마다 노력은 배신하지 않는다는 신념이 더 강해졌다.

내가 좋아하는 것들이 무엇일까 적어보고 그것들을 위해 할 일들을 적어나갔다. 그리고 아무것도 안 하고 싶고 무작정 쉬고 싶을 때마다 '좋아하는 것을 얻는 순간'들을 상상해가며 주섬주섬 일어났다.

내가 좋아하는 것들은 내 생각을 영어로 바로 말하는 수준되기, 외국인 친구들과 자연스럽게 대화하기, 억울한 순간에 명확하게 영어로 해명하기, 의사와 환자의 질환에 대해 동등한 입장에서 같이 상의하기, 환자의 문제를 찾아 능동적으로 해결하려고 노력하기, 내 분야에서 최고되기 등이었다.

이 목록을 적어보니 실제로 목표를 하나씩 이뤘을 때의 성취감과 기쁨이 어떠했는지 새삼 떠오른다. 나는 해외 간호사를 준비하면서 수차례 이런 경험을 했고, 그 경험은 지금도 나를 이끄는 원동력이 되고 있다.

가끔은 인간이 얼마나 이기적인 존재인지 깨달을 때가 있다. 4시간이 넘도록 누워서 유튜브를 시청하고 출근해서 환자에 대해 영어로 제대로 말하지 못하는 내게, 넌 정말 영어 실력을 어떻게 하면 늘릴래 하고 탓하는 나를 보면서 말이다.

아무것도 하지 않은 채 왜 목표한 걸 이루지 못하는지 질문할 때 실제로 자기가 한 행동은 완전히 까먹는다. 목표가 있다면 목표에서 머무르지 말아야 한다. 그 목표를 이뤘을 때의 성취감을 계속 상상해가면서 힘들어도 내 몸을 일으켜야 한다.

우선 미래의 '나'의 모습에 대해 끊임없이 상상하고 그 상상을 구체화해야 한다. 그것이 내가 '좋아하는 것'이어야 한다. 그 성취감을 느끼고 그동안 해온 노력의 보답을 받는다는, 나 자신이 자랑스러운 그 '감정'이 내가 좋아하는 것들이 되어야 한다.

만약 내가 좋아하는 것이 명품 가방, 자동차, 인스타에 올릴 사진, 자랑할 자격증, 남부럽지 않은 대학 이름이라면 나는 가방, 자동차, 만인의 관심을 위해 노력해야 하는 것과 다름없기 때문이다.

한국 밖에 있는 사람들은 우리나라의 유명한 병원과 대학에 전혀 관심이 없다. 그들은 우리나라에 유명한 대학과 병원이 있는지도 모른다. 그보다 당신이 어떤 생각을 가지고 있고, 어떤 환자들을 보았고, 어떻게 그들을 케어했는지, 그리고 당신이 그걸 영어로 설명할 수 있는지에 더 관심이 많다.

내가 진짜로 좋아하는 것이 무엇인지 먼저 알아야 한다. 내가 진짜 갖고 싶은 것과 혼동하면 안 된다. 미래에 목표로 하는 내 모습, 내가 봐도 정말 간지가 나는 '나'에 대해 상상해야 한다. 그런 생각이 들면 어쩔 수 없이 몸을 일으켜 일어날 수밖에 없다.

해외 간호사가 되고 싶다면 '해외 간호사'를 좋아하는 것으로 설정하면 안 된다. '해외에서 일하며 자유롭게 꿈을 펼치는 내 모습'을 상상하며 할 일을 세부적으로 정하고, 비록 지금 잠자고 싶고 SNS을 쳐다보고 싶어도 목표를 위해 꾹 참고 싫어하는 일들도 해야 한다.

아무것도 하지 않고 하루 종일 고민하고 누워서 친구들과 즐기는데 어떻게 큰 꿈을 이룰 수 있을까? 그러니 이미 한 시간째 누워서 텔레비전을 보고 있다면 당장 끄고 이 문장을 되새기자.

"좋아하는 것 하나를 얻으려면 싫어하는 것 하나를 해야 해!"

영어는 하루만 쉬어도 티가 난다

나는 주입식 영어교육을 받아온 세대이다. 누군가가 나에게 'How are you?'라고 하면 나는 'I am fine, thank you and you?'라고 대답하도록 교육받았다. 물론 틀린 말은 아니지만, 나는 이 대답만 할 수 있었다. 주입식 영어교육을 10년 넘게 받은 내 영어 실력은 10년 전 상태에 그대로 머물러 있었다.

인간이 가지고 있는 습관을 깬다는 건 습관을 새로 길들이는 일보다 훨씬 힘들었다. 나는 거의 3년을 넘도록 탈주입식 교육을 위해 엄청난 노력을 해야 했다.

아랍에미리트에 와서 처음 일하기 시작한 병원은 한국인들이 많은 병원이었다. 이 병원을 선택한 이유는 사실 영어를 잘하지 못하는 내가 한국인들이 있는 곳으로 가면 좀 더 적응하기 쉬울 거라고 생각했기 때문이다. 그리고 실제로 의사도 한국인, 관리자도 한국인이라 영어를 유창하게 못해도 전혀 문제가 없었다.

그 당시에는 영어의 심각성을 깨닫지 못하고 그저 '다행'이라고 생각했다. 나에게 어떠한 '자극'도 주지 않는 채 매우 편안한 상태에 안주하고 있었다. 외국에서 어느 정도 영어를 사용하면서 일하는 데 전혀 문제가 없다고 느낀 나는 '내가 영어를 잘 하는 줄' 알았다.

그러나 한국인이 아무도 없는 병원으로 옮기면서 그동안 자만했던 나의 영어 실력이 들통났다. 내 '영어 수준'이 들통나는 순간의 '창피함'은 영어를 못해서 생기는 창피함이 아니었다.

내가 이 정도로 영어를 못하면서 그동안 '영어 좀 한다'는 생각을 가졌었다는 사실이 가장 창피했다. '그래도 한국인 치고 영어는 하는 편이지.' 이런 자만심에 나는 발전보다는 현실에 안주했다.

예전에는 영어를 조금 못해도 사람들이 이해하는 환경이었지만 이제는 영어를 못하면 회사에서 잘리는 환경이다. 영어를 못하면 누구와도 대화를 할 수 없고, 내 환자의 문제점을 의사에게 말해줄 수도 없다. 왜냐하면 의사도 외국인, 동료도 외국인이니까.

문제의 심각성을 느꼈다. 주입식 교육에 익숙했던 나는 영어를 '주입해줄' 사람과 방법을 찾으려고 했다. 그러나 학원을 다니기에는 시간이 안 맞고, 영어 과외 선생님의 수업료는 너무 비쌌다.

누군가 정보를 줄 사람이 없으니 능동적으로 공부할 자료를 찾고 스스로 공부를 할 수밖에 없었다. 매일 출근 두 시간 전에 일어나 영어책을 소리 내어 읽고 입을 풀었다. 하루 종일 영어 팟캐스트를 듣고, 쉬는 날에는 하루 종일 영어공부를 했다.

점점 주입식 교육에서 벗어나 스스로 시간을 내고 계획을 짰다. 여러 가지 공부 방법을 시도해보고 나에게 맞는 것을 찾아 나섰다. 영어공부만큼 '매일매일'이 만드는 큰 변화를 체험할 수 있는, 책에서 말하는 작은 습관이라도 좋으니 매일매일 하면 된다고 한 말이 신뢰가 가는 공부는 없었다.

영어공부에는 끈기와 반복이 엄청나게 필요했다. 그리고 하루만 쉬어도 바로 표시가 났다. 하루만 쉬어도 영어가 머뭇거려졌다. 말하고 싶은 단어가 떠오르지 않았다. 어제는 술술 나오던 영어가 오늘은 갑자기 잘 안 나와서 뭐가 문제인지 생각해보면, 어제 영어공부를 하루 쉬었다는 것이 가장 중요한 이유였다.

너무 피곤해서 하루 종일 쉬기만 하고 다음날 출근하면 벌써 입이 꼬였다. 공부를 못한 날에는, 이미 출근하면서부터 제발 그 누구도 나에게 말을 걸지 말고, 의사에게 노티 할 일이 없었으면 좋겠다는 생각이 들 정도로 자신이 없어졌다.

반면에 하루도 안 빼고 영어를 연습한 날에는, 오히려 그들과 대화가 하고 싶었다. 내가 먼저 말을 걸고, 의사에게도 당당하게 전화를 할 수 있었다. 전혀 두렵지 않았다. 매니저를 이리저리 피하지 않고 먼저 안부를 물었다.

이상하게도, 단 하루만 영어공부를 쉬었을 뿐인데 티가 났다. 그 차이를 알고 난 이후부터 더 이상 영어공부를 쉴 수 없었다. 정말 너무 피곤해서 하루라도 쉰 날에는 출근하는 차 안에서라도 입을 풀고 영어를 들었다. 아침 먹는 시간에도 영어 라디오를 들었다.

하루에 30분이라도 괜찮으니 영어책을 크게 소리 내어 읽었다. 장거리 운전을 할 때는 꼭 영어 팟캐스트를 들으며 혼자 영어로 중얼중얼거렸다. '시험 영어'에 익숙한 나는 영어 듣기 평가에서 들을 수 있는 '미국식 발음' 이외의 영어 악센트를 들으면 하나도 이해할 수 없었다.

스코틀랜드에서 온 친구의 악센트는 너무 강해서 이해하지 못했지만 이해한 척했고 호주에서 온 매니저의 악센트 때문에 중요한 이야기를 제대로 못 들은 적도 많았다. 나는 스코틀랜드 친구와 이야기하고 싶어서 그 친구의 시간표를 확인한 후 그와 같이 일하기 전날에 영국 라디오를 하루 종일 들었다. 마침내 그 친구와 대화를 할 수 있었을 뿐만 아니라 엄청 친해졌다.

또한 호주 사람의 유튜브를 계속 듣고 악센트를 익혀나갔고, 매니저의 악센트 때문에 최대한 이메일로만 대화했던 나는 직접 매니저방의 문을 두드렸다. 어느새 나는 사람들 앞에서 자연스럽게 영어를 하고 있었다. 문제가 생기면 방법을 스스로 찾았다. 특정

악센트가 안 들리면 그 악센트를 쓰는 사람의 말을 계속 들었다.

외국인 친구가 한 말을 못 알아들으면 종이에 적어놨다가 집에 와서 찾아봤다. 영어 표현들을 알려주는 유튜브들을 매일 시청했다. 샤워하면서도 영어 유튜브 채널의 생활영어패턴을 들었다. 당연히 하루만 영어를 안 해도 나는 다시 말을 버벅거렸다. 내가 왜 영어가 안 늘까에 대한 의문은 답이 보이는데 답을 피하는 것이나 다름없었다. 답은 정해져 있었다. 매일매일 하지 않아서였다.

영어공부는 능동적 태도와 꾸준함만이 답이다. 해외 간호사가 되기로 결심했다면 정말 눈 한번 딱 감고 100일 동안 하루도 안 빠지고 계속한다는 마음가짐으로 영어를 해야 한다. 그러고 나면 자신이 변하는 모습을 보게 될 것이다. 그리고 그 모습이 너무 좋아서 결국 영어 공부를 멈추지 못할 것이다.

좋아하는 것을 이기는 것은 없다

'왜 이렇게 열심히 살아요?'라는 질문을 자주 받는다. 주변 친구들이나 동료들로부터 도대체 왜 한 번도 제대로 안 쉬고 그렇게 열심히 사느냐고 듣는다. 그럼 나는 대답한다.

'최선을 다하는 게 재밌어요.'

어쩌면 재수 없는 답변일 수도 있지만 솔직한 내 심정이다.

내가 간절히 바란 꿈은 나에게 직업으로 온 순간 일상이 되고, 더 이상 꿈이 아니라 현실이 되었다. 그리고 그 현실은 더 이상 '재미'가 없어졌다. 좋아하는 것이라고 생각하고 시작한 것들이 일상이 되는 순간 재미가 없어진다. 좋아했던 기억조차도 까마득해진다.

내가 좋아하는 것들이 '평범'해지지 않도록 뭔가 해야 하지 않을까? 내가 하는 일이 그저 일상과 현실이 되지 않도록 특별하게 만들어 나가기로 했다. 내 일이 특별해지려면 어떻게 해야 할까? 내가 그토록 바라던 일을 이루고 나서 원했던 건 무엇이었을까 질문해보았다.

그토록 간절하게 원해서 얻은 직업이 평범해지지 않으려면 계속 '새로움'을 갈망해야 한다. 변화를 추구하고 현재에 머물러 안주하려는 자신을 흔들어 깨워야 한다.

그래서 나는 항상 새로운 것을 배우고 공부했다. 안주하려는 나를 더 발전시키고 보강했다. 약점을 찾아 장점으로 바꾸려고 노력했다. 그저 지겹다고 외치던 내일이 다시 재밌어졌다. 사람이 자신이 좋아하는 일을 할 때 얼마나 능률이 오르고 행복한지 알게 되었다. 그 무엇도 내가 좋아하는 것을 이기지는 못했다.

나는 '삶을 즐기라'는 말이 '너무 잘하려고 노력하지 말고 쉬세요'라는 뜻인 줄 알았는데, 지금 즐기는 내 삶의 모습을 보니 이 말은 틀린 것 같다. 나는 '최선을 다하는 걸 즐기는 중'이었다.

노는 것도 최선을 다해서 놀고 공부도 최선을 다해서 한다. 그리고 최선을 다하는 모든 과정을 즐기는 중이다. 주변에서 '힘들지 않아요?'라고 물으면, 나는 '힘들죠. 근데 재밌어요. 좋아서, 재밌어서 하는 거예요'라고 대답한다.

반대로, 싫어하는 건 하지 않는다. 싫어하는 걸 할 시간이 있으면 좋아하는 시간에 더 투자한다. 여기서 내가 싫어하는 건 그동안 하기 싫었는데 억지로 해온 일이다. 사회생활에서 강요하는 모임 참석, 싫은 사람 만나기, 거절 못하기, 사생활 침해, 험담에 가담하기, 존경 강요받기 등을 선택해야 할 때는 'NO'라고 말한다.

지금처럼 싫어하는 일은 안 하고 좋아하는 일을 하면서 사는 인생이 훨씬 좋다. 이제는 남들이 나를 어떻게 보는지, 사회에서 내가 어떤 모습으로 비치는지 궁금하지 않다.

행복해지려고 사는 것인데 그동안 하기 싫은 걸 너무 적극적으로 해왔다. 그런 강요로부터 자유로워지는 방법은 '싫다'고 말하는 것뿐인데, 버릇없어 보일까 봐 지금까지는 할 수 없었다. 내가 진정으로 무엇을 좋아하는지 탐색하고 알아가는 시간이 재미있다. 좋아하는 일을 하나씩 해보니 전에 알 수 없었던 내 재능도 알 수 있었다.

언젠가 핑클 성유리가 〈캠핑 클럽〉이라는 방송프로그램에서 이런 말을 했다.

"난 욕먹지 않으려고 20년을 산 거 같아. 그러다 보니까 내가 뭘 원하는지 몰라. 그냥 욕 안 먹는 짓만 해."

나는 이 말을 듣고 공감했다. 무슨 말인지 이해가 갔다. 이제 남은 인생은 내가 뭘 원하는지 찾기로 결심했다. 좋아하는 것을 하면서 살기로 했다.

왜 완벽해야 해?

아랍에미리트 간호사를 하면서 여러 사람들로부터 어떻게 이 병원에 오게 되었는지 자주 질문을 받아왔다. 나는 아는 대로 성실히 답해주었다.

나는 가끔 그들에게 물어보았다. '어떻게 진행되고 있어요? 병원에 이메일은 보내 봤어요?' 그럼 주로 아래와 같은 답장이 왔다.

"아직 뭔가 부족해요. 이 자격증만 따고 지원해 보려고요."

"영어가 아직 부족해서, 영어실력 조금만 더 올리고 지원해 볼 게요."

"학력이 너무 부족한 것 같아요. 학사만 졸업하고 지원하려고 요."

"아직 준비가 안 돼서 조금만 더 연습하고 하려고요."

이해가 갔다. 나도 모든 것을 일단 완벽히 준비하고 나서 한 번에 붙자고 생각했었다. 아직은 뭔가 부족한 느낌, 지원해도 떨어질 것 같은 느낌이었고, 이럴 거면 미리미리 좀 더 잘 준비할 걸 하면서 자책했었다.

그러나 나는 단 한 번도 완벽한 상태에서 도전해 본 적이 없었다. 결과적으로 완벽한 도전은 단 한 번도 시도할 수 없었다. 반대로 완벽하지 않은 도전이야말로 큰 성과를 얻을 수 있었다. 나는 이 모든 과정에서 우리는 절대 완벽할 수 없고 완벽하지 않으려고 할 때 비로소 그 과정을 즐길 수 있음을 깨달았다.

나는 해외취업 중에 항상 영어실력이 매우 부족하다고 느꼈고, 이 부족함은 어떤 일을 해도 해소되지 않았다. '완벽히 영어를 구사해야 한다'는 내 기준은 오히려 영어를 더 말하지 못하게 했고 두려움이 생기게 했다.

문법이 하나라도 틀릴까 봐 영문법 책에서 본 내용을 머릿속에 떠올리면서 영어로 말하느라 애를 썼다. 그렇다고 상대방과 내가 의사소통이 되는 것도 아니었다. 완벽하게 영어를 해야 하는 나는 해외 생활 처음 2년 동안 악전고투 했다.

한국 병원에서 처음 일할 때에는 영어로 발표하는 동안 내 영어 실력을 흉보고 비웃고 비난하는 한국 사람들 때문에 미친 듯이 영어 발음과 영문법을 공부했다. 그럼에도 영어에 '완벽하다는' 느낌은 갖기 어려웠다.

나는 이들 앞에서 더 이상 창피를 당하고 싶지 않아 최대한 문법이 완벽하고 어려운 영어 단어를 쓰기 위해 노력했고, 영어공부에 대한 흥미는 전혀 느끼지 못한 채 오히려 상당한 스트레스만 받고 있었다.

그러다 이제 한국 병원을 떠나 한국어를 쓸 일이 없는 오로지 외국인들만 있는 곳으로 간다고 생각하니 영어에 대한 압박감이 더 크게 다가왔다. 그렇게 정말 영어만 써야 하고 외국인만 있는 병원에 와서 처음으로 환자에 대해 발표해야 하는 시간이 왔다.

갑자기 전에 한국 병원에서 영어로 환자 사례를 발표했던 일이 생각났다. 내 글에 현재완료를 써야 하는데 과거완료를 써서 이해가 안 간다는 의사와, 내가 무슨 동사를 썼는데 올바른 상황에서 제대로 영어 단어를 고를 줄 모른다는 한국 간호사의 말을 듣고 너무나 스트레스를 받았었다.

결국 나는 발표할 내용을 미리 모두 타이핑을 해놓고 문법과 단어를 재확인 후 한국인들 앞에서 그대로 읽었다. 읽는 내내 듣는 이의 표정을 살폈다. 잘 듣지도 않는 의사와 간호사는 내가 방금 전에 말한 내용을 다시 물었다. 핸드폰을 만지는 이도 있었고 수다를 떠는 사람도 있었다.

이 모든 경험은 나에게 상당한 스트레스와 트라우마로 다가왔다. 발표를 해야 하는 날에 일부러 오프 신청을 한 적도 있었다. 발표에 나쁜 경험을 가진 채, 선임간호사는 발표 준비를 하라며 페이퍼를 주었고, 나는 늘 해왔던 대로 메모장을 열고 타이핑을 시작했다.

나는 환자에 대해 말할 내용을 열심히 타이핑을 하고, 동시에 문법이 맞는지 단어는 적절한지 체크하느라 오랜 시간을 보냈다. 이걸 지켜본 선임 간호사는 내게 궁금한지 물어보았다.

"Hyejin, what are you doing?"

나는 민망함을 어쩌지 못한 채 그녀에게 대답했다.

"혹시 영어를 틀릴까 봐서요. 전에 있던 병원에서도 이렇게 해왔어요."

그녀는 대답했고 나는 고개를 숙였다.

"Oh my god! the hospital is not english school, darling. 혜진, 환자에 대해 제일 편안하게 이야기할 수 있는 사람은 바로 환자와 가장 가까이 있는 사람, 간호사야. 네가 그들 앞에서 환자에 대해 잘 말할 수 있을 만큼 환자에 대해 잘 알고 있는지를 점검

해보라고 시간을 준 거지 너의 영문법과 단어를 체크해보라고
시간을 준 게 아니야. 이 병원 안에 있는 그 누구도 너의 영문법
과 영어 단어, 영어 발음에 아무 관심이 없어."

그렇다. 사실 내 걱정과는 달리 영어가 모국어인 수많은 사람들
과 일을 하면서 그 누구도 나의 영어 실력에 대해 지적하거나 말
한 사람이 없었다.

나는 그들과 대화를 하는 동안 여러 번 문법을 실수했고 단어
가 생각이 안 나서 머뭇거린 적도 상당히 많았지만, 그렇다고 영어
를 모국어로 하는 사람과 아닌 사람들까지 통틀어 나를 흉보거나
질타하거나 지적한 적이 단 한 번도 없었다. 오히려 내 말을 주의
깊게 들어주고 내 말의 의미를 이해하려고 노력했을 뿐이었다.

정작 영어가 모국어인 그들은 나의 영어 발음과 영문법에 전혀
관심이 없는데, 오로지 한국인들만 시험문제 채점하듯이 체크하
고 있다는 것을 뒤늦게 알게 되었다.

그래서 '완벽한 영어를 구사해야 한다'는 생각을 버리자고 마
음 먹었고, 아무도 내 영어에 관심이 없다는 선임 간호사의 말을
듣고 나니 마음속에 자리 잡았던 부담감이 사라졌다. 그러자 오히
려 영어가 더 쉬워졌다. '미국 발음을 완벽히 구사해야 영어를 잘
한다'는 생각을 버리면서 혀를 뽑고 싶었던 내 영어 발음이 이제
는 더 이상 싫지 않았다.

영어에 대한 완벽주의를 버리자 자신감도 생겼다. 외국인들과 이야기할 용기가 더 생기고 영어로 말할 기회도 많아졌다. 영어 실력은 더 빨리 늘었다. 사실 2년 동안 열심히 문법책과 단어들을 외워오고 매달 토플과 아이엘츠 시험을 봤지만, 내가 외운 단어는 영어권 사람들도 모르는 단어들이 수두룩했다.

일한 지 1달 만에 내 영어가 쑥쑥 늘어가는 모습이 보였다. 이해가 안 되고 들리지 않으면 적어와서 공부하고 어떤 상황에서 쓰이는지 알았다가 그 상황이 왔을 때 공부한 표현을 사용해 보았다.

완벽할 필요가 없다는 생각이 들자 이상하게도 영어가 술술 나왔다. 토플 점수와 아이엘츠 점수에 대한 집착을 버리자 공부 과정이 재밌어졌다. 내가 병원에서 말하는 영어를 공부하는 건 조류학과 우주과학을 공부했던 토플 공부보다 훨씬 이득이었다. 하루하루 변화에 의미를 두기 시작했고, 동시에 나의 영어 말하기 실력도 늘었다.

나는 문득 이러한 완벽주의가 '직업병'일지도 모른다고 생각했다. 한국에서는 다음 번 간호사가 내가 '정말 완벽히 다했는지' 확인하고 꼭 마치도록 지적하는 것과 달리, 여기서는 이전 근무자가 못한 부분은 다음 번 간호사가 도와준다.

'죄송하지만 이건 제가 너무 바빠서 못 물어봤는데 끝나기 전에 꼭 확인하고 알려드리고 가겠습니다'가 아니라 '너무 바빠서 이건 신경을 못 썼으니 한 번만 물어봐 줄래?'와 같은 부탁이 가능한 곳이다.

아직 이런 조직문화에 적응이 안 됐던 나는 부탁을 하지 못하고 늘 남아서 굳이 모든 일을 마치고 한 시간이나 늦게 퇴근했다. 그리고 어쩌다가 어제 인계를 준 간호사와 바로 다음날 같이 밤 근무를 하게 되었다.

인도에서 온 이 친구는 어제 내가 1시간 동안 남아서 일한 것 때문에 계속 마음이 불편했다고 한다. 나는 그녀가 불편해했을 거라는 생각은 전혀 못한 채 의도적인 행동이 아니라고 절레절레 손을 흔들었다. 그리고 오해를 풀기 위해 내가 살아온 환경에 대해 설명했다.

그러나 그 친구 입장에서는 어제 모든 도움을 거절하고 끝까지 남아서 일을 마치고 가는 나에게서 오히려 자신을 신뢰하지 않는 모습을 보았다고 한다. 그 친구는 나에게 물었다.

"혜진, 왜 완벽해야 돼?"

"그건 …. 그래야 인정받으니까?"

"왜 인정받아야 하는데?"

"그래야 … 성공하니까?"

"성공하기 위해 인정받고 인정받기 위해 완벽해야 하는 거구나 … 그럼 인생이 너무 불행할 거 같아, 혜진 …"

그녀의 눈동자를 한참이나 뚫어져라 쳐다보다가 허공을 바라봤다. 그러고는 의자에 기대어 천장을 바라봤다. 멍을 때리던 중 갑자기 내 환자의 기계에서 알람이 울렸다. 나 대신 그녀가 환자에게 갔다. 그 친구는 내 어깨의 손을 잠시 올려주고는 미소를 지었다.

"잠시 쉬어. 내가 봐줄게."

천장을 바라보며 지금까지 한 번이라도 완벽했던 순간이 있었나 되짚어 봤다. 모든 게 실수투성이였고 중간에 실패도 많았던 인생을 나는 사실 즐길 수도 있었지만 완벽하지 않다는 이유로 그 과정들을 싸잡아 '망했다'고 생각해왔다.

모든 평가에서 100점을 맞으려고 했던 노력, 1등만 보고 모든 면에서 완벽이라는 잣대를 스스로에게 들이밀었던 내 모습, 실수 하나로 자신을 엄청나게 비난했던 순간들이 스쳐 지나갔다.

그동안 완벽하도록 훈련받아온 나는 밥도 못 먹고 물도 못 마시고 일을 했지만 완벽히 일을 끝내지 못했다는 이유로 그 하루는 '별로였던 하루'라고 감히 단정지었다. 그러나 사실 8시간 동안 나는 환자에게 상당히 많은 것들을 제시간 안에 해주었고 그들이 아프지 않도록 했으며, 그들이 더 나빠지지 않도록 노력을 다했다. 하지만 나는 차팅을 넣지도 못했고 처치도 넣지 못해서, 다음에는 차팅과 처치도 제시간 안에 끝낼 수 있도록 나 자신을 채찍질 했다.

사실 8시간 안에 끝내기가 불가능한 일인 줄도 모른 채, 나는 밥 먹는 시간과 화장실 갈 시간을 줄이고 일하는 데만 시간을 썼다. 밥 먹을 시간에 굶고 차팅을 넣으려고 했고, 화장실 갈 시간에 조금이라도 할 일을 끝내려고 노력했지만 방광염과 스트레스성 위궤양만 생겼다. 그럼에도 나 자신을 '능력 부족'이라고 취급했다.

이제는 무조건 100점을 맞으려고 하지도 1등이 되려고 하지도 않는다. 내가 일하는 시간 동안에는 당장 환자의 목숨을 결정짓는 일들에 좀 더 노력을 쏟고, 중요하지 않은 일은 다음 번 동료 간호사에게 부탁한다.

이제는 밥을 먹고 물도 마시고 화장실도 간다. 동료 간호사가 못한 일은 내가 도와준다. 동료 간호사에게 '검사 꼭 받고 가'라는 말보다 '고생했어. 빨리 집에 가서 쉬어'라고 말한다.

만일 못하면 지금 하면 되고 안 해도 지금 하면 된다. 잘못했으면 다음번에 더 잘하면 되고 실수하면 실수로부터 배우면 된다. 당장 못했다고 능력 부족이라고 비난하고 실수했다고 질타하기보다 '완벽할 수 없다'는 사실을 인정하고 완벽해지려고 하지 말자.

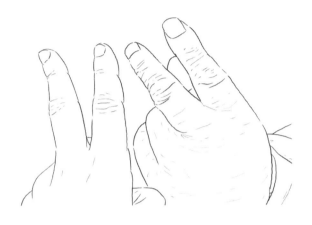

Chapter 7.

아랍에미리트에서
간호사로 일한다는 것

'죄송합니다'를 입에 달고 사는 간호사

"혜진, 도대체 왜 이렇게 맨날 미안하다고 하는 거야?"

나는 미처 몰랐다. 내가 그렇게 '아이엠 쏘리'를 입에 달고 산다는 사실을. 매번 부탁을 할 때마다 미안하다는 말을 다섯 번 정도는 하고, 일이 끝나도 미안하다는 말을 한다. 미안한 상황도 아닌데 미안하다고 해서 괜히 상대방 입장만 불편하게 한다.

물어보고 싶은 게 있어도 미안해서 못 물어보고, 미안해할 바에는 그냥 나의 '쉼'을 포기하고 '도움을 요청'하지 않는다. 그 이유는 모두 '죄송해서'이다.

대한민국 병원에서 간호사로 일하면서 뭐든지 '죄송하도록' 훈련받아온 나는 입에 '죄송합니다'가 붙어버렸다. 의사에게 거는 전화 첫 마디도 '죄송한데요'로 시작하고, 수 선생님 방에 들어가기 전 노크와 함께 하는 말도 '죄송한데…'였다. 그렇다고 내가 정말 죄송한 일을 한 것도 죽을죄를 지은 것도 아니었다.

단지 내 스케줄에 관해 수 선생님과 의논하고 싶었을 뿐이고, 의사에게 환자의 문제를 알리고 싶었을 뿐이다. 내가 모르는 것에 대해 정확히 알려고 선배에게 질문을 하려 했었고, 다른 병동의 간호사들에게는 내 환자를 보내도 될지 문의하는 게 전부였다.

지금 엑스레이를 찍어도 되는지 질문하고, 환자의 약을 받을 수 있는지 확인하는 업무에 나는 무조건 '죄송한데요…' 부터 시작했다. 가끔은 이 '죄송하다'는 말을 하기 싫어서 부탁을 포기하고 혼자 끙끙거린 적도 있었다.

이래도 저래도 죄송한 생활에서 그렇게 나는 이유 모를 미안함에 둘러싸여 나의 자유와 쉼을 나 자신에게서 뺏어갔다. 해외에 나와서도 나의 몹쓸 '죄송함 버릇'을 못 고쳤고, '죄송 습관'은 쉽게 사라지지 않았다.

혜진! 미안하단 말 좀 그만해!

이직 후 숨을 제대로 못 쉬는 환자에게 기관삽관을 해야 하는 일이 있었다. 전에도 기관삽관은 해보았지만 이직한 병원에서 하는 기관삽관은 처음이었다. 책임간호사에게 도와달라고 말하고 싶었지만 그녀가 너무 바빠 보였다. 나는 그녀에게 물어보려다 속으로 다시 '미안한데 어떻게 그래' 하면서 혼자 해나갔다.

그렇게 기관삽관은 시작됐고, 의사가 무슨 약을 주입하라고 말했는데 그 수많은 약들 사이에서 뭐가 뭔지 눈에 들어오지 않았다.

거기에는 내가 처음 보는 약물 키트와 이전에 다룬 약과는 다른 상품명들의 약들이 있었기 때문이다. 의사는 다급해져서 당장 다른 간호사를 부르라고 했다. 책임간호사가 달려와 모든 상황을 종료시켰다.

책임간호사와 나는 왜 도움 요청을 하지 않았는지에 관해 이야기했다.

"바빠 보여 미안해서 못 물어봤어 …"

"그래서 그냥 혼자 했다는 거야?"

"응, 미안해 …."

책임간호사는 하루 종일 밥도 못 먹고 일한 나를 위해 다른 간호사를 내 점심시간 동안 배정해주었고, 마침 의사가 와서 내 환자에게 중심정맥관을 넣겠다고 했다. 책임간호사는 본인이 도와주겠다고 했다. 나는 도와주겠다고 하는 그녀에게 '괜찮아 내가 할 게. 밥 안 먹어도 돼. 별로 배가 안 고파'라고 대답했다. 책임간호사는 참다 참다 폭발하듯 이야기했다.

"혜진! 미안하다는 말 좀 그만해! 우리는 서로가 서로를 위해 존재해. 당장 내 환자니까 어쩌겠어, 그냥 해야지라는 위험한 생각은 환자를 더 위험한 상황에 빠트려. 모든 준비가 되고 원활하게 진행되어야 환자가 살아. 그리고 네가 무리해서 밥도 안 먹고 일하면, 결국 어떤 이유든 실수를 하게 되어있어. 제발 네가 나에게, 우리 멤버에게 미안해하지 않았으면 좋겠어. 제발 우리를 위해 밥을 먹으러 가줘, Please!"

나는 그 길로 바로 밥을 먹으러 갔다. 늦은 점심을 먹는 내내 한 곳을 주시하며 밥이 목구멍으로 들어가는지 코로 들어가는지 몰랐다. 한참을 멍때리자 그녀가 내게 한 말이 계속 메아리처럼 울려 퍼졌다.

그동안 계속 죄송하다고 연신 고개를 조아리고 그게 왜 미안한지도 모르면서 늘 나 자신을 누군가에게 잘못하는 사람으로 만들어온 모습이 머리에 스쳐 지나갔다.

그리고 그걸 지켜보는 나 자신이 너무 불쌍해서 눈물이 났다. 악착같이 어떻게든 잘해보려고 일하는 나 자신이, 계속 죄송하다고 말하는 내가, 왜 그런 말을 하고 살아야 하는지를 한 번도 묻지도 않은 그 아이가 너무 가여워서 눈물이 났다.

그런 상황을 만드는 대한민국의 의료환경이 너무 싫어졌다. 꼭 그랬어야 했을까, 왜 우리는 힘들기만 하는 걸까 생각하면서도 지금까지도 안 바뀌고 있다는 사실이 더욱더 나를 한국으로 돌아가고 싶지 않게 했다.

왜 여덟 시간 동안 열심히 일한 그 아이에게 뭐라고 다그치기만 했을까? 왜 목소리를 줄여가며 죄송하다고 말해서 자신이 하루 종일 한 일들을 결국 미안함으로 끝내고 말았던 것일까?

내 자존감이 하락하는 원인도 모르면서 자존감에 대한 책을 읽고 동영상을 보고 영화를 보았던 나는 그저 나를 사랑해줄 시간이 없다고만 여겼다. 그저 잠깐 여행을 가고 쉬는 날 제대로 맛있는 것을 먹으면 괜찮아질 것이라며 자신을 그렇게 속여왔다.

간호사라는 직업을 시작하고 추락한 자존감의 원인은 나 자신을 보호하는 방법을 몰랐기 때문이다. 그리고 나를 보호하는 방법은 사회에 '대드는 모습'이나 '버릇없는' 모습으로 비쳤다. '부탁'은 주어진 일을 제대로 끝내지 못하는 업무역량 부족과 일을 하지 않고 쉬려고만 하는 모습으로 치부됐다.

이제는 나도 정말 뭐가 미안한 행동이고 죄송한 행동인지 확실히 안다. 미안함은 더 이상 입에 달고 사는 말이 아니라 정말 죄송한 일을 했을 때 '사과'의 의미로만 사용한다. 입 밖으로 '죄송하다'라는 말을 수시로 내뱉으면 이유가 어떻든 자꾸 나 자신을 작게 만든다. 나를 자꾸 위축하게 만들고 주눅들게 하고 입을 막는다.

부당한 요구를 하면 아니라고 말하고 환자와 관련된 문제를 간호사로서 의사에게 말할 때는 죄송하기보다 당당해야 한다.

질문은 미안함을 느껴야 하는 게 아니라 모호함을 해결하는 방법이다. 본인이 누군가로부터 계속 '죄송하다'라는 말을 듣는다면 나를 엄청 불편하게 생각하는 것일지도 모른다.

제발 미안해하지 말자. 선배에게도 미안한 마음보다는 감사함을 표현하자. 그러면 선배도 훨씬 더 나를 도와줄 마음이 생길 것이다. '죄송하다'는 말로 시작하면 상대방도 이 말을 듣는 순간, 지금 나에게 미안한 일을 하려는구나 생각한다. 반면에 '정말 감사해요'라는 말은 상대방이 누군가를 도왔다는 느낌을 들게 한다.

나는 부탁하고 질문하고 상의할 권리가 있다. 나는 환자와 가장 가까이 있는 의료진이다. 나에게 그런 권리가 없으면 내 환자는 나아질 수 없다. 이런 권리를 '미안해'라는 말로 빼앗기지 말자.

10개국 사람들과 일한다는 것

이 나라에서 간호사로 일하면서 얻을 수 있는 가장 좋은 점은 바로 '여러 나라 사람들과 일할 수 있다'는 것이다. 그리고 나는 여러 나라에서 온 사람들과 함께 일하면서 '나와 다름'을 인정하는 방법을 배웠다.

한국 사회에서는 특정한 대상이나 집단에 대해 많은 사람에게 공통적인 생각이나 일종의 고정관념을 갖지 않은 사람들을 불편하다고 느낀다.

그리고 우리는 그 사람들을 '다르다' 혹은 '이상해'라고 부르는 경향이 있다. 우리는 모두 똑같은 생각을 가져야 한다고 믿는 걸까? 그렇다면 인간을 고용하지 않고 기계를 사면 될 것이다. 다른 의견을 가진 사람들에 대해 마음을 열고 그들을 이해하기보다는 최대한 공통적 마인드를 갖도록 항상 설득시킨다.

점점 그 조직은 조직원의 행동과 사고가 모두 일치하도록 '정형화'시키는 데 성공한다. 이는 병원조직사회에서 더욱더 도드라진다. 관리자와 선임 간호사의 생각을 따르지 않는 간호사들의 생각을 '창의적'이거나 '새로운 방법의 제시'라고 보지 않는다.

너와 나의 다름이 상당히 불편하다고 느끼는 기존 멤버들은 새로 들어온 조직원이 상당히 부족한 점이 많다고 여기는 모양인지, 어떻게든 그들의 생각을 기존 구성원의 생각과 일치하도록 훈련시킨다. 이 과정을 우리는 '텃세'라고 부른다. 이 과정을 통해 타인이 자신과 다른 이유를 비난하면서 그들의 생각이 '틀렸음'을 인지시킨다.

이 조직에 들어온 구성원은 '텃세'라는 과정에서 상당한 고통을 느껴 정형화되기로 선택한다. 여기서 아주 이상한 일이 벌어진다. '텃세'의 고통을 아는 이들이 또 다른 새로운 구성원이 들어와 '다름'을 보이는 순간, 왜 생각의 차이를 이해하지 못하냐고 처음에 불평했던 그들이 오히려 '텃세'를 부리게 되는 이상한 무한 루프가 완성된다.

내가 지금 일하고 있는 아랍에미리트 인구의 80% 이상은 '외국인'이다. 즉 20%를 제외한 나머지는 모두 다른 나라에서 온 사람들이다. 인도, 파키스탄, 필리핀, 이집트 사람들이 주를 이루지만, 국적 분포도가 매우 다양하다. 이 사람들은 모두 각자 다른 문화와 종교, 사상을 가지고 있고, 이들과 함께 일한다는 것은 정형화 되도록 훈련받아온 한국인으로서 상당히 힘든 '도전'이었다.

한국에서는 국제 업무가 아닌 이상 주로 한국인들과 일을 한다. 90년대 생인 내 경우만 해도, 학교에 외국인이 한 명도 없었다. 간호대학을 다니는 동안에도 영어를 가르치시는 교수님을 제외하고는 외국인을 본 적이 없었다.

거의 26년을 같은 민족과 살고 일해온 내가 10개가 넘는 나라에서 온 사람들과 갑작스럽게 일을 한다는 것은 처음에는 상당히 힘들었다. 그 중에서도 한국인들이 '기본적'으로 가지고 있는 생각과 태도, 문화, 예절들이 그들과는 매우 달랐다. 그래서인지 '다름'을 받아들이는 데 꽤 오랜 시간이 걸렸다.

한국 병원에서는 그들이 욕먹는 행동을 하고 있으면, 이해가 안 가서 그들을 배타적으로 대하고 비난하기도 했다. 첫 1년 동안 '이해가 안 된다'라는 말을 달고 살았다. 모든 기준을 한국 병원에 두다 보니, 내 눈에는 그들의 행동이 게으름을 피우거나 끈기와 의지가 없는 것처럼 보였다. 그동안 배운 '텃세'를 부리는 중이었다.

나와 너의 다름이 매우 불편한 문화에서 자라온 나에게, 타인의 '엄청난 다름'을 이해하는 일은 쉽지 않았다. 이 과정에서 타인이 의도한 행동이 아닌데 마치 나를 놀리는 것이라고 오해하거나 인종차별이나 나의 문화를 무시한다고 생각해 많이 다투기도 했다.

한국을 떠나와서도 내가 이런 행동을 버리지 못한 이유는, 불행하게도 해외에서 처음으로 들어간 병원이 '한국 병원'이었기 때문이다.

한국인 관리자들이 원하는 모습을 보여주기 위해 열심히 일했고, 한국 병원에서 일하는 방식을 따랐다. 따라서 이와 다른 방식으로 일하는 외국인들의 모습에서 상당한 불편감을 느꼈다. 한국인 관리자는 외국인까지 정형화하는 데는 성공하지 못했다. 결국 나는 상당한 차이가 공존하지만 그 차이 중 한국적 행동방식이 선호되는 환경에서 일을 했다.

한국 병원을 떠난 나는 한국인이 한 명도 없는 병원으로 오게 됐고, 이전과 반대로 '다름을 인정할 뿐만 아니라 흥미를 가질 수 있도록' 하는 환경을 접하게 되었다. 너와 나의 다름이 상당히 편하고 너무나도 흥미로운 환경으로 옮긴 다음부터, 나는 29년 동안 갇혀있던 알을 깨고 마침내 나올 수 있었다.

당신이 다름이 편할 때

나는 타인을 인정하는 순간부터 삶이 많이 달라지는 걸 느낄 수 있었다. 내가 타인의 다름이 편할 때 가장 먼저 달라지는 모습은, 바로 입 밖으로 타인을 '불평'하거나 '비난'하는 말들이 안 나오게 된다는 점이다.

우리나라 사람들은 '남 욕'을 하면서 친해진다고 한다. 자신과 다른 이를 욕하고 깎아내리면서 친해지지만 입 밖으로 내뱉은 말은 결국은 자신에게 돌아온다. '남 욕'을 하면서 친해진 사이는 다시 '서로 욕'을 하며 헤어진다.

반면 '당신과 나의 다름이 불편하지 않은' 사람은 나에게 없는 부분을 가진 이를 만나면 '칭찬'한다. 이렇게 '칭찬'에서 시작해 나중에 친해진다. 서로 칭찬하면서 친해지는 이 관계는 긍정적 기운을 발휘한다. 그 결과 사람들이 협력을 하고 단단한 관계를 형성한다.

사람들이 좋아졌다

다른 나라 사람들과 만나 대화하고 그들의 문화를 알아가는 것이 지금은 너무나 흥미롭다. 그들과 나의 '다름'이 나에게 '교훈'으로 다가온 적도 많았다. 우리나라 사람들은 '사람들 때문에 일하기가 싫다'고 말한다. 자신의 다름을 비난하고 질투하는 사람들을 대하느라 지칠대로 지쳤기 때문이다.

반면에 '당신과 나의 다름이 불편하지 않은' 사람은 타인이 살아온 인생이 궁금하다. 그들로부터 배우고 싶고 그들은 나에게 영감을 준다. 타인과 함께 대화를 하고 싶다. 같이 일하는 것이 즐겁다.

'내 생각이 무조건 옳아', '저 사람은 왜 저럴까'라는 생각에서 '내 생각이 틀렸을 수도 있어', '저 사람은 저렇게 생각하는구나'로 마인드를 바꾸기만 했을 뿐인데 내 삶의 방식이 완전히 달라졌다.

사람들이 함께 살면서 가장 힘들어하는 '사람 스트레스'가 없어졌다. 사람 스트레스에서 벗어났다는 이유만으로 나의 삶이 이렇게 행복해질 줄 알았다면 이런 환경에서 조금이라도 일찍 일을 시작할 걸 그랬다. 그러면 내 삶이 조금 일찍 더 행복해졌을 텐데.

본인이 생각한 것이 '전부'라고 믿고 사는 것이 얼마나 답답하고 지루한지 해외에 나와서야 비로소 알았다. 모든 신규 간호사의 지침인 '의견 피력을 하지 말고 무조건 들을 것'이라는 마음은 연차가 오른다고 해서 달라지지 않았다.

내 연차가 오르면 그들의 연차도 오르게 되고, 결국 나는 내 의견을 주장하기보다는 늘 그들의 생각과 최대한 일치해 그들에게 점수를 따는 것이 한국 사회에서 스트레스를 안 받고 사는 방법이었다.

그렇게 나는 그들을 하루 종일 욕하면서도 최대한 그들과 다르지 않도록, '이건 이래야 한다'는 생각을 갖도록 나 자신을 훈련했다. 이 생각을 깨고 부수는 데 상당히 오랜 시간이 걸렸다.

지금 나는 미국, 호주, 영국, 스페인, 요르단, 이집트, 필리핀, 인도, 파키스탄, 방글라데시, 네팔, 중국, 태국에서 온 간호사들과 함께 일한다. 여러 나라 동료들을 상대해 엄청 정신없을 것 같지만 오히려 정반대다. 너무 재미있다. 그들의 이야기를 들으며 내 생각을 바꿔보기도 하고, 때로는 그들의 생각으로부터 큰 배움을 얻는다.

특정 국가 및 사회와 조직이 원하는 기준을 내 삶의 기준으로 삼기보다 나만의 삶의 기준을 스스로 세워 나가면 결국 나 자신이 자유로워질 수 있다. 이것이 바로 10개국이 넘는 나라에서 온 사람들과 같이 일하는 최대 장점이다.

표준화에서 개성화로

　한국 병원에서 일하는 동안에는 웃을 일이 없었다. 한국을 떠나 두 번째 병원에서 일할 때도 최대한 덜 웃었다. 병원에 있는데 내가 웃으면 너무 액티브한 것이 아니냐는 반응에 그럼 그냥 웃지 말아야겠다고 다짐도 했다. 전반적으로 그랬다. 이래도 저래도 뭐라 하는 환경에서는 결국 그들이 원하는 방향으로 따라가야 한다. 그것은 최대한 트러블을 만들지 않기 위한 몸부림이다.

　일하는 동안 사실 웃을 일도 없었거니와 보호자에게 잘해주거나 너무 밝은 모습을 하면 전반적으로 다른 간호사들과 차이가 난다며 웃지 말라는 말을 들었다. 그러다가 웃지 않으면 무슨 기분이 그렇게 왔다 갔다 하냐는 소리를 들었고, 보호자들에게 잘해주는 모습을 보면 '과잉친절'이라고 했다.

이런 상황에서 내린 결론은 최대한 내 행동을 '피하도록' 유도하는 것이었다. 그래서 사람들이 모든 '꼰대'로부터 멀어지는 것이라고 생각했다. 내 간호가 다른 간호사의 간호와 평준화되려면 아무리 인사하고 싶은 보호자가 있어도 할 수 없었고 혹시 그 보호자가 상처를 받을까 봐 일부러 면회 시간에 화장실에 가기도 했다.

머리 탈색도 퇴사를 결심한 날에나 할 수 있었다. 아마 이런 생각이 든 것도, '튀면' 안 되었고 '표준화'에 훼방을 놓았다는 이유로 이유 없이 '한소리'를 들을 수 있었기 때문이다.

모두가 똑같은 옷을 입는 것은 유니폼이라 어쩔 수 없었지만, 그 외에도 다양한 것을 '비슷하게' 해야 했다. 머리에는 똑같이 머리 망을 해야 했고, 볼펜도 웬만하면 다들 같은 브랜드를 쓰는 듯했다. 신발은 하나같이 크록스를 신었다. 점점 이상하게도 '표준화'가 되어 겉모습은 어느 정도 동일하게 맞춰지는 듯했다. 사실 겉모습의 표준화는 상관없었다. 병원을 나오면 내 마음대로, 하고 싶은 대로 옷을 입고 화장을 하면 되니까.

문제는 '생각의 표준화'였다. 나보다 1년 차라도 높으면 누구라도 그의 의견을 따르는 게 순조롭다. 아니 그래야 한다. 그들의 생각에 의문을 가지면 '반항'으로 받아들여지고, 한동안 근무가 매우 피곤해지며 집에 가기 전에 상당한 '꼬투리'를 잡힐 지도 모른다. 이 전쟁통에서 슬기롭게 살아남는 이들을 관찰해 본 결과 그들은 '표준화'에 성공적으로 맞춰진 이들이었다.

이런 문화에서 벗어나 느낀 전과 달라진 가장 큰 차이는 바로 내가 '웃음이 아주 많아졌다'는 사실이다. 지금 일하는 곳에서, 나는 크게 웃으며 동료들과 재미있게 일하고 보호자들과도 즐겁게 대화를 나누며 서로의 안부를 묻고, 환자에 대해 이야기를 하는 내내 전혀 눈치를 안 보고 계속 웃게 되었다.

그렇지만 한국인이 없는 병원으로 옮긴 첫 주 동안에는 전혀 웃지 않았다. 사람이 하루 만에 어떻게 바뀐단 말인가? 나는 웃지도 않고 말을 걸지도 않았다. 누가 말을 걸면 짧게 대답하고 휴대폰만 바라봤다.

보통 한국 병원에서는 아무도 나에게 왜 그러는지 의문을 갖지 않는다. 그저 담담히 각자 일을 할 뿐이다. 그런데 지금 일하는 병원에서는 내가 이런 태도로 있었더니 주변 사람들이 1시간마다 물었다.

"어디 아프니?"

"오늘 무슨 일이 있어?"

"잠을 못 잔 거야?"

"무슨 안 좋은 일이 있어?"

이런 질문을 수없이 들으면서 나는 왜 이런 질문을 자꾸 하는지 궁금했다. 그러던 중에 화장실에서 거울에 비춰진 내 얼굴을 보았다. 어지간히도 차가워 보였다. 이런 얼굴이니, 자꾸 어디가 아프냐고 묻는 건가? '내일부터는 웃기도 하고 내가 말도 걸어야지' 다짐했다. 웃어도 되겠지? 말해도 되겠지? 보호자에게 친절하게 대해도 되겠지? 눈치를 살피고 이틀이 지나자 아무도 나에게 뭐라 하지 않는 걸 알 수 있었다. 그때부터 나 자신을 서서히 놓아주었다.

나는 점차 활기를 되찾아 갔다. 근무 시작을 하면 환하게 웃으며 인사를 했고 동료들과 장난도 치고 재미있게 일을 해나갔다. 머리 망도 풀어버렸다. 잔머리 하나 없이 꽉 묶은 머리는 어느 날은 예쁜 핀을 꽂아 보기도 반묶음을 하기도 따 보기도 했다. 친구들이 선물해준 두건을 하기도 했다.

개성이 넘치는 친구들이 존경스러웠다. 본인의 개성을 갖는다는 게 얼마나 특별한 것인지 전에는 몰랐다. 개성이 넘치는 사람에게는 무엇이 있길래 그토록 달라 보이는 걸까 생각했다. 그 답은 매우 간단했다

"자기 자신이 되는 것"

'자기 자신', '나'라는 존재만큼 개성적인 것은 없었다. 이 병원에서 일하는 동안 나는 '나'로 존재할 수 있었다. '나'로 존재하는

것에서 오는 편안함이 점점 더 일을 재미있게 하고, 창의적으로 일을 할 수 있는 원동력이었다.

그리고 어느 누구도 본인의 생각을 나에게 강요하지 않았다. 모처럼 조심스럽게 의견을 내면 '좋은 의견'이라는 피드백을 받았다. 이렇게 환자에게 해줄 수 있는 여러 가지 좋은 아이디어를 의사와 상의하고 동료와 함께 이야기하며 실천해 갔다.

여기서는 '몇 년 차'의 개념이 없었다. 누가 먼저 왔고, 누구 경력이 몇 년인지 아무도 신경 쓰지 않았다. 나보다 경력이 낮은 사람을 '아랫사람' 취급하지도 않았다. 내가 인계할 때 다리를 꼬고 숙제검사를 하고 내 지식을 테스트하면서 듣지 않았고, 항상 내 말을 존중해주고 귀담아들었다.

동료들이 나에게 물었다.

"혜진, 여기서 일하는 것 어때?"

"인생에서 제일 행복해. 내가 나일 수 있어서 좋아. 내가 이렇게 웃음이 많은 사람인지 몰랐어!"

"말도 안 돼! 이렇게 잘 웃는 네가 그런 생각을 했단 말이야?"

"응, 내가 좋아. 내가 마음에 들어. 그리고 힘들수록 웃으니까 힘든 것도 덜 힘들어지는 것 같아."

"맞아. 너의 긍정적 기운은 우리에게도 영향을 미쳐. 너랑 일하면 항상 즐거워, 혜진."

나는 앞으로도 '나'로 존재할 것이다. 나로 살아갈 때가 가장 행복하다는 사실을 알고 나니 하고 싶은 것도 도전하고 싶은 것도 많아졌다. 이 세상에는 '나'만큼 '특별한' 존재는 없는 것 같다. 앞으로는 더 이상 어떤 높은 연차 간호사의 생각에 세뇌당하지도 모두와 똑같은 모습으로 있지도 않을 것이다.

그리고 당당하게 말할 것이다. '왜'라는 질문을 던질 것이다. '네'라는 대답을 최대한 아낄 것이다.

어떤 간호사가 되고 싶은가?

어느덧 7년 동안 병원생활을 해오면서, 나는 병원에서 인간의 삶의 모든 부분에 대해 직접적으로나 간접적으로나 경험할 수 있었다. 언제 아플지 모르는 채 살아가는 이들이 갑자기 질병에 걸리면 그 병에 자신의 모습은 점점 변해가고 갈수록 나약해진다. 게다가 이들 어깨에 또 다른 부담을 주는 경제적 문제가 인간을 더 초라하게 만드는 것 같다.

아버지를 치료할 돈이 없는 아들은 병원비를 감당 못해 잠적한다. 당장 치료하지 않으면 죽을 수도 있다고 여러 차례 설명을 들어도 당장 회사에 출근해야 한다며 병원을 나가는 40대 아저씨는 악화된 심근경색으로 다시 병원에 오지만 이미 되돌릴 수 없는 상태가 된다. 알코올의존증 환자는 아무리 치료를 해서 보내도 다시 술을 마시고 온다.

한 인간의 여생의 끝을 판단하는 일도, 그들에게 희망을 주는 것부터 미리 경고를 하는 것까지 환자마다 상황이 달랐고, 이러한 다른 상황은 늘 시험에 들게 했다.

이 환자는 이렇게 사는 게 의미가 있을까 생각하며 마치 신이라도 된 양 내가 뭐라고 그것을 판단하느냐 싶다가도 그동안 질병 속에서 괴로워하고, 인간의 바닥까지 보게 되는 상황들을 경험한 나는 이런 생각을 멈출 수 없었다.

도대체 이 환자에게 하고 있는 '치료'를 그들은 '치료'라고 여기고 있을까? 온몸이 다 부어가며 각종 약물과 기계들에 둘러싸여 이 기계 중 하나라도 멈추면 죽게 될 환자는 과연 지금 고통으로부터 자유로울까 아니면 더 고통스러울까? 이 환자는 좋아질 수 있을까? 내가 하는 행위가 의미가 있는 걸까? 이런 생각이 머릿속에서 항상 맴돌았다.

이런 생각의 원인은, 내가 아무리 열심히 한다고 모든 환자가 정상인의 삶으로 돌아가는 것이 아니었기 때문이다. 하루 종일 밥도 안 먹고 물도 안 마시고 화장실도 못 가면서까지 일을 했지만 그럼에도 강을 건너는 내 환자의 손, 아니 손톱 끝조차도 못 잡을 때가 많았다. 모든 인간의 일생이 이런 것은 아닐까? 열심히 살다가 질병을 얻게 되고, 질병을 얻으니 일을 못 하게 되고 그 결과 나를 치료할 돈이 없어 우울증에 빠지게 되고, 육체적 고통에 정신적 고통까지 감당해야 하는 게 인간의 일생인 걸까?

이러한 인생 최악의 순간에 처한 사람들이 모여있는 곳, 병원이라는 공간에서 일하면서 나는 삶을 바라보는 방향과 내 직업에 대한 생각을 통째로 바꾸었다. 그리고 내린 결론은 '나는 신이 아니다'는 사실이다.

나는 이들을 내 힘으로 '어쩌지는' 못해도 적어도 이들에게 '최선을 다하는 사람'은 될 수 있다고 다짐했다. 그리고 나에겐 그들의 삶을 결정할 권한도 없고, 누군가의 삶을 판단할 자격도 없다고 생각했다.

그보다는 중환자실 문을 열고 들어가는 순간만큼은 내가 이들을 위해 존재하고 시간 때우려고 있지 말자, 여기 나와 있는 순간만큼은 그들의 삶에 적어도 나만이라도 이들의 유일한 편이 되자고 생각했다. 그렇게 생각하고 나니 오히려 모든 게 더 편해졌다. 모든 괴리에서 벗어나 일단 최선을 다하면 되니까. 그리고 그것이 옳은 일이라는 사실을 점차 알게 되었다.

환자를 바라보는 시각, 환자의 몸을 바라보는 마음가짐을 바꾸고 나니 모든 행동이 환자를 위해 이루어졌고, 그들이 내 우선순위에서 0순위가 되었다. 어떤 이유든 그들의 아주 작은 부분일지라도 좋아졌다. 아주 작은 부분이라도 나의 환자가 좋아지면 나도 행복했고 그날은 보람이 넘쳤다. 아무것도 하지 못했다고 자책할

뻔한 날에도 '최선을 다했다'고 자신을 위로했다.

이 직업의 무게가 갈수록 묵직하게 느껴졌지만, 이 직업에서 얻는 보람과 기쁨은 나의 무거운 부담감을 줄여주었다. 이제 나는 그들의 옆에 '존재한다'고 말할 수 있다.

나는 환자 곁에서 그들의 아픈 곳을 알아차리고 해결한다. 상태가 나빠지면 좋아지도록 조치한다. 그들이 나약할 때마다 나에게 기댈 수 있게 한다. 그들을 살릴 수 있도록 최대한 노력을 한다.

어느 날 나의 프리셉터가 나에게 이런 말을 건넸다.

"혜진, 너는 확실히 삶을 보는 눈이 남들과 달라."

"갑자기 무슨 소리야?"

"누구보다 환자를 생각하는 마음이 보여. 모든 결정에 그들이 항상 먼저인 것이 눈에 보여. 네가 인생을 어떻게 바라보는지 알 것 같아."

"나도 내가 이런 사람이 될 줄 몰랐어. 전에는 기계처럼 일만 하느라 환자들을 볼 여유가 없었는데, 이젠 그들이 보여. 저 침대에서 하루 종일 누워만 있는 안쓰러운 환자가 그저 나에게만큼은 부담 없이 기대고 아프다고 말해주었으면 좋겠어. 그리고 내가 해결해줄 수 있다면 더 좋겠어."

Q&A

아랍에미리트 궁금증

1. 아랍에미리트에서 간호사가 되기 전에 기본적으로 준비해야 할 사항들은?

BLS, ACLS는 기본적으로 취득해 놓으면 좋습니다. 이것은 아랍에미리트 간호사가 되려면 병원에서 기본적으로 요구하는 자격증이기도 하지만, 자격증을 준비하면서 응급상황에서 어떻게 해야 할지 복습하는 시간이 될 수 있기 때문입니다. 강력히 추천합니다.

무엇보다 꼭 말씀드리고 싶은 것은 '영어'입니다. 영어는 정말 기본입니다. 영어 실력을 '어느 정도 수준'까지 올리라고 말씀드리고 싶습니다. 아랍에미리트의 경우 대부분 영어 점수를 요구하지 않습니다. 실제로 영어가 가능한지는 면접 과정에서 확인합니다.

면접 준비에 좀 더 집중하고, 자신이 다루는 환자 케이스에 대해 설명할 수 있어야 하고, 의학적 지식도 많이 공부하면 면접할 때 질문에 대답하기 좋습니다. 그리고 응급 상황에서 본인이 어떻게 대응할지 미리 생각해보면 좋습니다.

2. 아랍에미리트로 출발하기 전에 유용한 짐 꾸리기 꿀팁이 있다면?

아랍에미리트는 정말 덥습니다. 10월에서 2월까지만 시원하고 나머지는 40도를 육박하는 더위라 야외생활도 어렵습니다.

그리고 여름이 대부분이라 예상하고 여름 옷 중심으로 옷을 가져왔다가 낭패를 볼 수 있습니다. 이곳은 사실 더운 날씨 탓에 실내 생활이 더 많습니다. 실내는 어디든지 에어컨이 아주 세게 나오고 있어 반드시 겉옷 하나는 준비해서 항상 들고 다녀야 합니다.

태양이 뜨거우니 몸을 가릴 수 있는 긴 팔, 긴 바지를 입을 수밖에 없습니다. 여름 옷보다는 긴 팔, 긴 바지를 준비하고, 겨울에도 상당히 추우니 여벌의 얇은 패딩 등을 가져오시면 좋습니다.

여기는 생각보다 한인마트가 매우 잘되어 있어서 특별히 음식들은 가지고 올 필요 없으니 굳이 첫 짐을 음식으로 채우기보다는 옷가지나 생필품으로 채우시는 게 좋을 것 같습니다.

3. 아랍에미리트에서 취직하기 전에 미리 한국에서 정리하면 좋을 일은?

아랍에미리트의 경우 땅도 넓고 이동거리가 길어 운전을 못하면 상당히 불편합니다. 대한민국 운전면허증은 아랍에미리트 운전면허증으로 전환이 되니, 가능하다면 운전면허는 우리나라에서 취득하시거나 운전면허증이 있으면 국제면허증을 꼭 발급받아 오시길 바랍니다.

공증 서류, 라이센스 들은 반드시 모두 스캔해서 파일로 만들어 놓고 원본은 별도로 저장해서 조심해서 가져와야 합니다.

한국 휴대폰의 경우 가장 기본적인 요금제로 바꾸고 오시면 좋습니다. 한국에서 사용한 휴대폰 유심칩만 있으면 언제든 칩만 바꿔 한국 업무를 볼 수 있습니다.

해외 거래가 가능한 신용카드, 국제송금이 가능한 국제현금 카드를 하나 발급받아 오시면 좋습니다. 월급을 이 나라 돈인 '디르함(AED)'으로 받다 보니, 한국으로 송금 가능한 통장이 필요합니다.

처방받고 있는 약이 있다면 처방전을 출력해오거나 몇 개월 단위로 약을 처방받아 오는 게 좋습니다. 여기에도 물론 약국과 병원이 있지만, 간혹 한국에서 취급하는 약품이 없는 경우도 있습니다. 중요한 것은 다량의 약물을 가져오는 경우에는 반드시 처방전을 가져와야 입국심사에서 의심을 받지 않을 수 있습니다.

4. 영어는 어느 정도 수준까지 해야 하나요?

평상시 간호사로서 일할 때 쓰는 모든 말들을 영어로 할 수 있는 수준이면 됩니다. 의사에게 영어로 환자의 문제를 설명할 수 있고 친구나 동료, 상사와의 대화가 가능한 정도면 됩니다. 높은 아이엘츠 점수나 OET, TOFLE 자격증보다는 실제로 영어를 할 줄 알아야 합니다.

5. 아랍어를 꼭 해야 하나요?

아랍어를 하면 가산점이 붙을 수 있지만 그렇다고 해서 아랍어를 배워 올 필요는 없습니다. 사실 아랍어라는 언어가 배우기가 상당히 어렵기 때문에 아랍어 공부로 스트레스를 받을 시간에 영어 실력을 높이는 편이 낫습니다.

아랍에미리트 내의 모든 표지판이나 서류는 모두 영어로 표기되어 있습니다. 대부분의 사람들이 영어를 할 수 있으니 영어만으로 충분합니다. 아랍어가 꼭 필요할 경우에는 주변 아랍 친구에게 부탁하면 됩니다.

6. 치안은 어떤가요?

저는 도시, 도시 외곽 지역에서 모두 거주해보았는데, 밤늦게 돌아다녀도 큰 문제는 없었습니다. 그리고 나라가 워낙 크고 이동 거리가 걸을 수 있는 수준이 아니라 주로 차로 이동하기 때문에 더욱 그런 위험은 없습니다. 여성을 상당히 존중하고 우대하는 문화입니다.

7. 아랍에미리트에도 교회나 성당이 있나요?

네, 있습니다. 한인 성당이나 한인 교회는 각 지역마다 있습니다.

8. 한국 음식은 구하기 어렵나요?

한국 음식은 생각보다 쉽게 구입할 수 있습니다. 특별한 한국 음식은 찾기 어렵지만 웬만한 식품은 한인마트에 다 있습니다.

9. 집값은 어떤가요?

가격이나 조건이 매우 다양합니다. 구글에서 원하시는 지역의 이름과 집 크기를 검색하면 알 수 있습니다. 예를 들어 구글에서 'Dubai studio rent'라고 검색하면 다양한 사이트들이 나옵니다. 대표적인 사이트는 아래와 같습니다.

https://www.bayut.com/

https://www.propertyfinder.ae

10. 연봉협상은 어떻게 하나요?

집값을 지원해주는지 아닌지 먼저 확인해야 합니다. 월세를 지원해주지 않으면 지원하는 지역의 월세를 확인해 이 금액을 연봉에 추가해 받기를 추천합니다.

여기는 협상이 전혀 문제가 안 되니, 혹시 너무 높게 말했다가 취업이 안 되면 어쩌지라는 마음보다는 '협상'의 마인드를 가지고 나 자신의 가치를 최대한 제시하시길 바랍니다. 근무 연차나 경험에 따라 연봉에 상당한 차이가 있으니, 부르는 가격에서 월세, 차량유지비, 생활비 등을 계산해서 모자랄 것 같으면 금액을 당당하게 청구하세요.

11. 아랍에미리트에서 집은 어떻게 얻나요?

한국과 똑같습니다. 발품을 팔아가며 집을 보고, 마음에 드는 집이 있다면 보증금과 돈을 내고 입주 계약서를 작성한 후 입주하는 방법은 똑같지만 결제 시스템 개념이 다릅니다. 여기는 '체크cheque'를 씁니다. 예를 들어 1 cheque라면 보증금+1년치 월세를 일시불로 납입해서 1년간 그 집에서 사는 것입니다. 일종의 연세 개념입니다. 만약 3 cheque라면 일 년 치 월세를 3번에 나눠서 4개월마다 내는 겁니다. 12 cheque는 우리나라의 월세 개념과 같습니다. 이 경우에는 임대료가 확실히 비싸집니다. 그래서 주로 1 cheque로 일시불로 지불하는 사람들이 많습니다.

'전세'는 당연히 없습니다. 전세는 우리나라에만 있는 제도인 것 같습니다. 임대료를 '지불'하면 '나갈 때 돌려받는 것'은 보증금 뿐입니다.

아부다비, 평균 도심에 있는 아파트 원룸의 경우는 1년에 1500만 원정도 합니다. 도심 아파트라 상당히 비싸지만 외각으로 가면 1000만 원정도 하는 집도 구할 수 있습니다. 외곽 지역에서는 매달 월세로 내겠다고 협상할 수도 있습니다. 이 금액도 토후국이나 지역마다 다릅니다. 단 입주 시에는 에미리트 아이디와 여권, '거주비자', 수표를 끊을 수 있는 은행 계좌가 필요합니다. 따라서 여기에 도착하면 바로 집을 구하기는 힘들 수 있습니다. 주로 구인하는 쪽에서 임시로 숙박할 곳을 마련해주거나 호텔비를 지원합니다.

12. 아랍에미리트에서 차는 어떻게 구입하나요?

렌트나 1년 계약의 리스, 중고차 구매, 신차 구매 등의 방법이 있습니다. 한국과 거의 비슷하다고 보시면 됩니다. 자동차를 구입한다면 반드시 보험에 들어야 합니다.

13. 아랍에미리트에서 여가시간에 할 일은?

즐길거리가 상당히 많습니다. 물론 현재 코로나로 어려움이 많지만, 공용 해수욕장이나 호텔 해변에서 수영을 하거나 예쁜 카페에서 커피를 마실 수 있습니다. 관광지인 두바이에는 영화관, 백화점 쇼핑몰 등이 상당히 많습니다. 그 뿐만 아니라 다른 토후국까지 1시간이면 운전해서 갈 수 있기 때문에, 다른 토후국의 관광지를 둘러볼 수 있습니다. 또한 사막 여행, 야간 사막 캠핑, 모스크 방문 등 정말 체험할 것들이 무궁무진하게 많습니다. 그리고 전 세계 사람들이 많이 방문하는 국가인 만큼 다양한 나라의 음식을 맛볼 수 있습니다.

14. 아랍에미리트의 병원 시설은?

전반적으로 시설면에서는 한국보다 우수합니다. 우선 다인실이 거의 없고, 주로 1인실이 많습니다. 그렇다 보니 간호사 한 명당 돌봐야 할 환자 수가 우리나라처럼 그렇게 많지 않습니다. 모든 장비나 시스템들은 웬만한 한국 대학병원 수준 혹은 그 이상으로 잘 되어 있습니다.

15. 아랍에미리트에서 간호사로 만족하시나요?

현재 저는 그 어느 때보다 행복한 병원생활을 하고 있습니다. 매일매일 배우면서 성장할 수 있는 환경에서 일하고 있습니다. 다양한 문화의 사람들과 일을 하고, 새로운 경험을 하며 견문을 넓히고 있습니다.

16. 아랍에미리트 병원 최소 요구 조건은?

아랍에미리트 병원에서 일하려면 우선 '라이센스'가 있어야 합니다. 이 라이센스의 요구 조건을 알아야 합니다. 라이센스 자체는 필요한 서류를 제출하고 서류가 검증되면 시험 자격을 부여하는 방식으로 진행됩니다. 이 서류들로 '각종 증명서'를 제출해야 합니다. 준비할 서류는 다음과 같습니다.

여권 사본(양면)

여권용 사진

대학교 (학사) 졸업 증명서, 성적표

Good Standing Certificate: 보건복지부에 전화 요청

대한민국 간호사 자격증

BLS 자격증

기본적으로 요구되는 간호사 경력은 2년으로 명시되어 있으며, 지원하려는 부서와 같은 파트의 경험이 있다면 아무래도 도움이 됩니다.

그러나 엔클렉스(NCLEX) 면허 소지자는 시험이 면제됩니다. 개인적으로 해외에서 일하기 위해 여러 시도를 해보았고 그 과정에서 좌절과 실패를 경험해 본 결과 느낀 점은, 엔클렉스가 있으면 '프리패스'처럼 일이 수월해진다는 점이었습니다.

저도 결국 소지했던 엔클렉스를 전환해서 이곳에 왔습니다.

17. 현재 요양병원에 다니는데, 아랍에미리트 병원을 가려면 꼭 급성기 병원에 가야 하나요?

아랍에미리트에도 '요양병원'이라는, 즉 급성기가 지나고 재활 치료를 위한 병원이나 벤틸레이터 의존도가 높지만 급성기 문제는 없는 환자들을 위한 병원이 있습니다. 그러나 이곳에서 일하는 인력들은 보다 적은 월급을 주고 주로 인도, 파키스탄, 필리핀 국적 사람들을 고용합니다.

따라서 취업한다 해도 요양병원에서 받는 월급은 최대 200만 원 정도 선이지만, 여기서 집값을 제하면 150−170만 원밖에 되지 않을 것입니다(이것도 최대입니다). 개인적으로 '어떤 것은 이러해야 한다'는 말을 잘 하지 않습니다. 저도 인 서울도, 대학병원이나 3차 병원도 아닌 2차 병원에서 취업에 성공했지만 전혀 문제가 없었습니다. 인터뷰하면서 그동안 봐온 환자의 케이스에 대해 설명하고 어떤 간호를 해야 하는지 잘 말한다면 문제가 없습니다.

지원하려는 병원이 대형병원이고, 경력증명서가 '요양원'이나 '널싱홈' 경력으로 보일 경우 아무래도 병원 측에서는 급성기 병원 경력이 전무한 것으로 오해할 수 있습니다. 병원 측에서 당장 일할 인력을 뽑고 싶어 할 경우에는 인터뷰 중에 자세한 설명이 필요할 수 있습니다.

18. 취업경로는 어떻게 알 수 있나요?

구글, 링크인 등 구직 사이트에 먼저 영어 이력서를 올리는 것부터 시작하시기 바랍니다. 영어 이력서는 언제든 제출할 수 있도록 반드시 미리 준비해야 합니다. 제 경우는 우선 모든 구직 사이트에 영어 이력서를 올리고, 제가 가고 싶은 병원의 이메일을 찾아 이력서와 간단한 편지를 보냈습니다.

19. 아부다비 면허시험, 많이 어렵나요?

아부다비 면허시험은 HAAD라고 부릅니다. 우리가 엔클렉스라고 부르는 것처럼 말입니다. 개인적으로 저는 엔클렉스를 전환한 케이스입니다.

시험은 총 3시간 동안 150문제를 풀어야 합니다. 합격률은 전반적으로 70-80%라고 합니다. 만일 불합격하면 최대 3번까지 재시험을 볼 수 있습니다.

아랍에미리트로 떠난 간호사

발행일 1쇄 2021년 3월 20일
지은이 윤혜진
펴낸이 여국동

펴낸곳 도서출판 인간사랑
출판등록 1983. 1. 26. 제일 - 3호
주소 경기도 고양시 일산동구 백석로 108번길 60 - 5 2층
물류센타 경기도 고양시 일산동구 문원길 13 - 34(문봉동)
전화 031)901 - 8144(대표) | 031)907 - 2003(영업부)
팩스 031)905 - 5815   **전자우편** igsr@naver.com
페이스북 http://www.facebook.com/igsrpub
블로그 http://blog.naver.com/igsr
인쇄 하정인쇄 **출력** 현대미디어 **종이** 세원지업사

ISBN 978 - 89 - 7418 - 840 - 5   03810